天空一无所有 为何给我安慰

海子经典诗选

海子 著

中国出版集团
现代出版社

图书在版编目（CIP）数据

天空一无所有　为何给我安慰 / 海子著 . -- 北京 :
现代出版社 , 2019.8
ISBN　978-7-5143-7789-7

Ⅰ . ①天…　Ⅱ . ①海…　Ⅲ . ①诗集 — 中国 — 当代
Ⅳ . ① I227

中国版本图书馆 CIP 数据核字 (2019) 第 102254 号

天空一无所有　为何给我安慰

著　　者：海　子
责任编辑：王传丽　阎　欣
出版发行：现代出版社
通信地址：北京市安定门外安华里 504 号
邮政编码：100011
电　　话：010-64267325　64245264（传真）
网　　址：www.1980xd.com
电子邮箱：xiandai@vip.sina.com
印　　刷：三河市南阳印刷有限公司
开　　本：880mm × 1230mm　1/32
印　　张：9
字　　数：180 千字
版　　次：2019 年 8 月第 1 版　　印　　次：2019 年 8 月第 1 次印刷
书　　号：978-7-5143-7789-7
定　　价：55.00 元

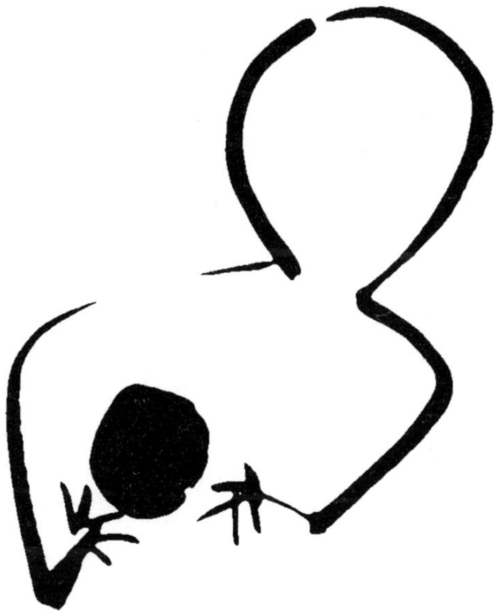

目录

短诗

长诗

补遗

短诗

亚洲铜

亚洲铜，亚洲铜
祖父死在这里，父亲死在这里，我也将死在这里
你是唯一的一块埋人的地方

亚洲铜，亚洲铜
爱怀疑和爱飞翔的是鸟，淹没一切的是海水
你的主人却是青草，住在自己细小的腰上，守住野花的手掌和秘密

亚洲铜，亚洲铜
看见了吗？那两只白鸽子，它是屈原遗落在沙滩上的白鞋子
让我们——我们和河流一起，穿上它吧

亚洲铜，亚洲铜
击鼓之后，我们把在黑暗中跳舞的心脏叫作月亮
这月亮主要由你构成

1984.10

阿尔的太阳[1]

——给我的瘦哥哥

“一切我所向着自然创作的，是栗子，从火中取出来的。啊，那些不信仰太阳的人是背弃了神的人。”[2]

到南方去
到南方去
你的血液里没有情人和春天
没有月亮
面包甚至都不够
朋友更少
只有一群苦痛的孩子，吞噬一切
瘦哥哥凡·高，凡·高啊
从地下强劲喷出的
火山一样不计后果的
是丝杉和麦田
还是你自己
喷出多余的活命的时间
其实，你的一只眼睛就可以照亮世界
但你还要使用第三只眼，阿尔的太阳

---

[1] 阿尔系法国南部一小镇，凡·高在此创作了七八十幅画，这是他的黄金时期。——海子自注。

[2] 摘自凡·高致其弟泰奥的书信。

把星空烧成粗糙的河流

把土地烧得旋转

举起黄色的痉挛的手，向日葵

邀请一切火中取栗的人

不要再画基督的橄榄园

要画就画橄榄收获

画强暴的一团火

代替天上的老爷子

洗净生命

红头发的哥哥，喝完苦艾酒

你就开始点这把火吧

烧吧

1984.4

海上

所有的日子都是海上的日子
穷苦的渔夫
肉疙瘩像一卷笨拙的绳索
在波浪上展开
想抓住远方
闪闪发亮的东西
其实那只是太阳的假笑
他抓住的只是几块会腐烂的木板：
房屋、船和棺材

成群游来鱼的脊背
无始无终
只有关于青春的说法
一触即断

1984.6

新娘

故乡的小木屋、筷子、一缸清水
和以后许许多多日子
许许多多告别
被你照耀

今天
我什么也不说
让别人去说
让遥远的江上船夫去说
有一盏灯
是河流幽幽的眼睛
闪亮着
这盏灯今天睡在我的屋子里

过完了这个月，我们打开门
一些花开在高高的树上
一些果结在深深的地下

1984.7

我，以及其他的证人

故乡的星和羊群
像一支支白色美丽的流水
跑过
小鹿跑过
夜晚的目光紧紧追着

在空旷的野地上，发现第一枝植物
脚插进土地
再也拔不出
那些寂寞的花朵
是春天遗失的嘴唇

为自己的日子
在自己的脸上留下伤口
因为没有别的一切为我们做证

我和过去
隔着黑色的土地
我和未来
隔着无声的空气

我打算卖掉一切

有人出价就行
除了火种、取火的工具
除了眼睛
被你们打得出血的眼睛

一只眼睛留给纷纷的花朵
一只眼睛永不走出铁铸的城门
　　黑井

1984.6

单翅鸟

单翅鸟为什么要飞呢
为什么
头朝着天地
躺着许多束朴素的光线

菩提，菩提想起
石头
那么多被天空磨平的面孔
都很陌生
堆积着世界的一半
摸摸周围
你就会拣起一块
砸碎另一块

单翅鸟为什么要飞呢
我为什么
喝下自己的影子
揪着头发作为翅膀
离开

也不知天黑了没有
穿过自己的手掌比穿过别人的墙壁还难

单翅鸟
为什么要飞呢

肥胖的花朵
喷出水
我眯着眼睛离开
居住了很久的心和世界

你们都不醒来
我为什么
为什么要飞呢

1984.9

爱情故事

两个陌生人
朝你的城市走来

今天夜晚
语言秘密前进
直到完全沉默

完全沉默的是土地
传出民歌沥沥
淋湿了
此心长得郁郁葱葱

两个猎人
向这座城市走来
向王后走来
身后哒姆哒姆
迎亲的鼓
代表无数的栖息与抚摸

两个陌生人
从不说话
向你的城市走来
是我的两只眼睛

1984.12

秋天

秋天红色的膝盖
跪在地上
小花死在回家的路上
泪水打湿
鸽子的后脑勺

一位少年去摘苹果树上的灯

植物没有眼睛
挂着冬天的身份牌
一条干涸的河
是动物的最后情感

一位少年去摘苹果树上的灯

我的眼睛
黑玻璃，白玻璃
证明不了什么
秋天一定在努力地忘记着
嘴唇吹灭很少的云朵

一位少年去摘苹果树上的灯

1984.11

春天的夜晚和早晨

夜里
我把古老的根
背到地里去
青蛙绿色的小腿月亮绿色的眼窝
还有一枚绿色的子弹壳，绿色的
在我脊背上
纷纷开花

早晨
我回到村里
轻轻敲门
一只饮水的蜜蜂
落在我的脖子上
她想
我可能是一口高出地面的水井
妈妈打开门
隔着水井
看见一排湿漉漉的树林
对着原野和她
整齐地跪下
妈妈——他们嚷着——
妈妈

1984.10

印度之夜

月亮神秘地西渡
恒河，佛洞里摆满了别人的牙齿

星星和菜豆
天地间一串紫色的连线，真正的连线

黑色疯长八丈
大风隐隐

城市，最近才出现的小东西
跟沙漠一样爱吃植物和小鱼

月光下一群群乌鸦
自己以为是黑衣新嫁娘

没有人向她们求婚
只好边叫边梳理头发

睡在仓库的老人
影子在手掌上漫游，影子是劳动

面壁，面壁，出现思想者自己
祈求小麦花永远美丽

1984.11

不要问我那绿色是什么

头发
灌满阳光和大沙
我是荒野上第一根被晒坏的石柱
耕种黑麦
不要问我那绿色是什么

小鸟像几管颜料
粘住我的面颊
树下有一些穿着服装的陌生人
那时我已走过青海湖，影子滑过钢蓝的冰大坂
不要问我那绿色是什么

木筐挑着土
一步迈上秦岭
秦岭，最初的山
仍然在回忆我们，一窝黄黑的小脑袋——孩子啊
不要问我那绿色是什么

我避开所有的道路
最后长成
站在风熏寓言的石墓上
长成
不要问我那绿色是什么

1984.12

东方山脉

三角洲和碎花的笑
一起甩到脑后
一块大陆在愤怒地骚动
北方平原上红高粱
已酿成新生的青春期鲜血
养育火红的山冈成群
像浪
倾斜着地平线和远岸的大陆架
将东方螺的传说雕成圆锥形
这里，道道山梁架住了天空

让大川从胸中涌出
让头顶长满密林和喷火口
为了光明
我生出一对又一对
深黑的眼睛和穴居的人群
用雪水在石壁上画了许多匹野牛
他们赶着羊就出发了

手中的火种发芽
和麦粒一道支起窝棚
后来情歌在平坦的地方

绘出语法规则
绘成村落
敲击着旷野

即使脚下布满深谷
即使洪水淹没了我的兄弟
即使姐妹们的哭泣
升到天上结成一个又一个响雷
即使东方的部落群没有写进书本
因而只在孩子琥珀色眼球里丛生
根连着根
像野草一样布满荒原
即使旗帜迟迟没有
从那方草坪上升起
因而文字仿佛艰涩
历史仿佛漫长

我捞起岛屿
和星星般隐逸的情感
我亲吻着每一座坟头
让它们吐出桑叶
在所有的河岸上排成行
划分着大江流向
划分着领土
我把最东方留给一片高原

留给龙族人
让他们开始治水
让他们射下多余的太阳
让他们插上毛羽
就在那面东亚铜鼓上出发

会有的，会的
会有鹭鸶和青草鱼一样的龙舟
会有创造的季节
请放出鸥群
和关在沼地里的绿植被
把伏向小河的家乡丘陵拉直
列队，由北压向南
由西压向东

把我的岩石和汉子的三角肌
一同描在族徽上吧
把我的松涛连成火把吧
把我的诗篇
在哭泣后反抗的夜里
传往远方吧
让孩子们有一本自己的历史画
让我去拥抱世界

1983

历史

我们的嘴唇第一次拥有
蓝色的水
盛满陶罐
还有十几只南方的星辰
火种
最初忧伤的别离

岁月呵

你是穿黑色衣服的人
在野地里发现第一枝植物
脚插进土地
再也拔不出
那些寂寞的花朵
是春天遗失的嘴唇

岁月呵，岁月

公元前我们太小
公元后我们又太老
没有人见到那一次真正美丽的微笑
但我还是举手敲门

带来的象形文字
撒落一地

岁月呵
岁月

到家了
我缓缓摘下帽子
靠着爱我的人
合上眼睛
一座古老的铜像坐在墙壁中间
青铜浸透了泪水

岁月呵

1984

村庄

村庄里住着
母亲和儿子
儿子静静地长大
母亲静静地注视

芦花丛中
村庄是一只白色的船
我妹妹叫芦花
我妹妹很美丽

1984

自画像

镜子是摆在桌上的
一只碗
我的脸
是碗中的土豆
嘿，从地里长出了
这些温暖的骨头

1984

女孩子

她走来
断断续续地走来
洁净的脚印
沾满清凉的露水

她有些忧郁
望望用泥草筑起的房屋
望望父亲
她用双手分开黑发
一枝野樱花斜插着默默无语
另一枝送给了谁
却从没人问起

春天是风
秋天是月亮
在我感觉到时
她已去了另一个地方
那里雨后的篱笆像一条蓝色的
小溪

妻子和鱼

我怀抱妻子
就像水儿抱鱼
我一边伸出手去
试着摸到小雨水，并且嘴唇开花

而鱼是哑女人
睡在河水下面
常常在做梦中
独自一人死去

我看不见的水
痛苦新鲜的水
流过手掌和鱼
流入我的嘴唇

水将合拢
爱我的妻子
小雨后失踪
水将合拢

没有人明白她水上
是妻子水下是鱼

燕子和蛇（组诗）

1. 离合

美丽在春天
疼成草叶

一种三节的草
爱你成病

美丽在天上
鸟是拖鞋

长草的拖鞋
嘴埋在水里

美丽在水里
鱼是草的棺材

一种草
一种心尖上的草

美丽在草原上
枕着鹿头

2. 三位姑娘
——写给莱蒙托夫不幸的爱情

我看见
莱蒙托夫的旧报纸上
三只燕子
三只肉体的燕子
使我的灯光
受伤

用手指推推
不醒的
你自己
扶着自己
像扶着一匹笨马
用手指推推身边的燕子：我不是

灯，我是火灾
燕子交叉地
穿过
诗人的胳膊
落入家具的间间新房
只当诗人就是笨马
过早地死在□[1]上

---

[1] 原稿有脱字。

3. 包谷地

丑女人脊背上有条条花蛇
花蛇滑下，她就坐在那儿繁殖包谷
幸福又痛苦
我要说
没有男人能配得上她

丑女人脊背上有种种命运
命运降临，她只坐在那儿繁殖包谷
河水泛滥流过无数美丽的女人
我要说
没有女人能比得上她

4. 母亲的姻缘

一碗泥
一碗水
半截木梳插在地上
母亲的姻缘
真是好姻缘

村庄，村庄
木桶中女婴摇晃
村庄，村庄

母亲的姻缘
真是好姻缘

鱼尾之上
灯盏敲门
一团泥巴走进屋来
母亲的姻缘
真是好姻缘

白鱼流过
桃树树根
嘴唇碰破在桃花上
母亲的姻缘
真是好姻缘

秤杆上天空的星星压住
半两土
半两雪
母亲的姻缘
真是好姻缘

她沉在何方
谁也不清楚
村庄中一枚痛苦的小戒指
母亲的姻缘

真是好姻缘

5. 手

离开劳动
和爱情，我的手
变成自我安慰的狗
这两只狗
一样的
孤独
在我脸上摸索
擦掉泪水
这是不是我的狗
是不是我最后的家乡的狗？

6. 鱼

村民像牛一样撞进屋子，亲他的妻子
又数着
十二粒麦种
内陆深处
我跪在一条鱼身上
整个村庄是我的儿子

再长的爱情也不算久
噢你刚好被我想起
我在鱼身上写下少女的名字
一边询问一边自己回答
女巫的嘴唇一开一合
真诚的爱情
真诚的爱情错误百出
整个村庄是你的儿子

河流噢河
再美的爱情也不像花朵
人类的泪水养家糊口
人类的泪水中
鱼群像草一样生长
泪水噢河
整个村庄是我们的儿子
村民像牛一样撞进屋子，亲他的妻子

活在珍贵的人间

活在这珍贵的人间
太阳强烈
水波温柔
一层层白云覆盖着
我
踩在青草上
感到自己是彻底干净的黑土块

活在这珍贵的人间
泥土高溅
扑打面颊
活在这珍贵的人间
人类和植物一样幸福
爱情和雨水一样幸福

1985.1.12

夏天的太阳

夏天
如果这条街没有鞋匠

我就打赤脚
站到太阳下看太阳

我想到在白天出生的孩子
一定是出于故意

你来人间一趟
你要看看太阳

和你的心上人
一起走在街上

了解她
也要了解太阳

（一组健康的工人
正午抽着纸烟）

夏天的太阳
太阳

当年基督入世
也在这阳光下长大

1985.1

你的手

北方
拉着你的手
手
摘下手套
她们就是两盏小灯

我的肩膀
是两座旧房子
容纳了那么多
甚至容纳过夜晚
你的手
在他上面
把他们照亮

于是有了别后的早上
在晨光中
我端起一碗粥
想起隔山隔水的
北方
有两盏灯
只能远远地抚摸

1985.2

中午

中午是一丛美丽的树枝
中午是一丛眼睛画成的树枝
看着你

看着你从门前走过
或是走进我的门

走进门
你在

你在一生的情义中
来到
落下布帆
仿佛水面上我握住你的手指

（手指
是船）
心上人
爱着，第一次
都很累，船
泊在整个清澈的中午

“你喝水吧
我给你倒了
一碗水”

写字间里
中午是一丛眼睛画成的
看着你

1985.1.26 半夜

北方门前

北方门前
一个小女人
在摇铃

我愿意
愿意像一座宝塔
在夜里悄悄建成

晨光中她突然发现我
她眺起眼睛
她看得我浑身美丽

1985.2

写给脖子上的菩萨

呼吸，呼吸
我们是装满热气的
两只小瓶
被菩萨放在一起

菩萨是一位很愿意
帮忙的
东方女人
一生只帮你一次

这也足够了
通过她
也通过我自己
双手碰到了你，你的

呼吸

两片抖动的小红帆
含在我的唇间
菩萨知道
菩萨住在竹林里
她什么都知道

知道今晚
知道一切恩情
知道海水是我
洗着你的眉
知道你就在我身上呼吸
呼吸

菩萨愿意
菩萨心里非常愿意
就让我出生
让我长成的身体上
挂着潮湿的你

1985.4

房屋

你在早上
碰落的第一滴露水
肯定和你的爱人有关
你在中午饮马
在一枝青丫下稍立片刻
也和她有关
你在暮色中
坐在屋子里，不动
还是与她有关

你不要不承认

巨日消隐，泥沙相合，狂风奔起
那雨天雨地哭得有情有意
而爱情房屋温情地坐着
遮蔽母亲也遮蔽儿子

遮蔽你也遮蔽我

1985

粮食

埋着猎人的山冈
是猎人生前唯一的粮食

粮食
是图画中的妻子

西边山上
九只母狼
东边山上
一轮月亮

反复抱过的妻子是枪
枪是沉睡爱情的村庄

熟了麦子

那一年
兰州一带的新麦
熟了

在水面上
混了三十多年的父亲
回家来

坐着羊皮筏子
回家来了

有人背着粮食
夜里推门进来

油灯下
认清是三叔

老哥俩
一宵无言

只有水烟锅
咕噜咕噜

谁的心思也是

半尺厚的黄土

熟了麦子呀!

1985.1.20

为了美丽

为了美丽
我砸了一个坑
也是为了下雨

清亮的积水上
高一只
低一只
小雨儿如鸟

羽毛湿湿
掀动你的红头巾
都是为了美丽

提着裤带的小男孩
那时刻
戴一只黑帽子

1985.1

蓝姬的巢

木塔那儿
一共有两个人
蓝姬她是一张小圆脸
蓝姬的丈夫是一位卖高粱的皇帝

卖高粱的人民币
买来了一面小鼓
围着小巢敲击
鼓点声大
雨点声小
蓝姬如一只雪雁
今夜又栖
爱人的嘴唇

巢
如果我公开
我自己秘密的小巢
一定会有许多耳朵凑上来
散布消息
水中一对鱼夫妻
手捉手

走过桥洞去

挂巢之树
结梨三只……
蓝姬指着前后左右
十字星是自己的丈夫

1985.5

夜月

一扇又一扇门
推开树林
太阳把血
放入灯盏

河静静卧在
人的村庄
人居住的地方
人的门环上

鸟巢挂在
离人间八尺
的树上
我仿佛离人间二丈

一切都原模原样
一切都存入
人的
世世代代的脸，一切不幸

我仿佛
一口祖先们

向后代挖掘的井
一切不幸都源于，我幽深的水

1985.6.19

孤独的东方人

孤独的东方人第一次感到月光遍地
月亮如轻盈的野兽
踩入林中
孤独的东方人第一次随我这月亮爬行

（爱人像一片叶子完整地藏在树上
正是她只身随我进入河流）

爬行中
不能没有
一路思念
让我谢谢你，几番追逐之后
爱情远遁心中
让我在树下和夜晚对面而坐

（爱人说孩子
孩子是
落入怀中的阳光
哇哇大哭）

于是
孤独的东方人开口闭口之间

太阳已出

我爬行只求：

孩子平安

我爬行只求：

人爱我心

1985.6.14

给母亲（组诗）

1. 风

风很美　果实也美
小小的风很美
自然界的乳房也美

水很美　水啊
无人和你
说话的时刻很美

你家中破旧的门
遮住的贫穷很美

风　吹遍草原
马的骨头　绿了

2. 泉水

泉水　泉水
生物的嘴唇
蓝色的母亲

用肉体

用野花的琴

盖住岩石

盖住骨头和酒杯

3. 云

母亲

老了，垂下白发

母亲你去休息吧

山坡上伏着安静的儿子

就像山腰安静的水

流着天空

我歌唱云朵

雨水的姐妹

美丽的求婚

我知道自己颂扬情侣的诗歌没有了用场

我歌唱云朵

我知道自己终究会幸福

和一切圣洁的人

相聚在天堂

4. 雪

妈妈又坐在家乡的矮凳子上想我
那一只凳子仿佛是我积雪的屋顶

妈妈的屋顶
明天早上
霞光万道
我要看到你
妈妈，妈妈
你面朝谷仓
脚踩黄昏
我知道你日见衰老

5. 语言和井

语言的本身
像母亲
总有话说，在河畔
在经验之河的两岸
在现象之河的两岸
花朵像柔美的妻子
倾听的耳朵和诗歌
长满一地
倾听受难的水
水落在远方

1984；1985 改；1986 再改

村庄

村庄，在五谷丰盛的村庄，我安顿下来
我顺手摸到的东西越少越好！
珍惜黄昏的村庄，珍惜雨水的村庄
万里无云如同我永恒的悲伤

1986

麦地

吃麦子长大的
在月亮下端着大碗
碗内的月亮
和麦子
一直没有声响

和你俩不一样
在歌颂麦地时
我要歌颂月亮

月亮下
连夜种麦的父亲
身上像流动金子

月亮下
有十二只鸟
飞过麦田
有的衔起一颗麦粒
有的则迎风起舞，矢口否认

看麦子时我睡在地里
月亮照我如照一口井

家乡的风
家乡的云
收聚翅膀
睡在我的双肩

麦浪——
天堂的桌子
摆在田野上
一块麦地

收割季节
麦浪和月光
洗着快镰刀

月亮知道我
有时比泥土还要累
而羞涩的情人
眼前晃动着
麦秸

我们是麦地的心上人
收麦这天我和仇人
握手言和
我们一起干完活
合上眼睛，命中注定的一切

此刻我们心满意足地接受

妻子们兴奋地
不停用白围裙
擦手

这时正当月光普照大地。
我们各自领着
尼罗河、巴比伦或黄河
的孩子　在河流两岸
在群蜂飞舞的岛屿或平原
洗了手
准备吃饭

就让我这样把你们包括进来吧
让我这样说
月亮并不忧伤
月亮下
一共有两个人
穷人和富人
纽约和耶路撒冷
还有我
我们三个人
一同梦到了城市外面的麦地
白杨树围住的

健康的麦地

健康的麦子

养我性命的麦子！

1985.6

坐在纸箱上想起疯了的朋友们

旧菊花安全

旧枣花安全

扪摸过的一切

都很安全

地震时天空很安全

伴侣很安全

喝醉酒时酒杯很安全

心很安全

1986.2

春天

你迎面走来
冰消雪融
你迎面走来
大地微微战栗

大地微微战栗
曾经饱经忧患
在这个节日里
你为什么更加惆怅

野花是一夜喜筵的酒杯
野花是一夜喜筵的新娘
野花是我包容新娘
的彩色屋顶

白雪抱你远去
全凭风声默默流逝
春天啊
春天是我的品质

在昌平的孤独

孤独是一只鱼筐
是鱼筐中的泉水
放在泉水中

孤独是泉水中睡着的鹿王
梦见的猎鹿人
就是那用鱼筐提水的人

以及其他的孤独
是柏木之舟中的两个儿子
和所有女儿，围着诗经桑麻沅湘木叶
在爱情中失败
他们是鱼筐中的火苗
沉到水底

拉到岸上还是一只鱼筐
孤独不可言说

1986

爱情诗集

坐在烛台上
我是一只花圈
想着另一只花圈
不知道何时献上
不知道怎样安放

幸福（或我的女儿叫波兰）

当我俩同在草原晒黑
是否饮下这最初的幸福　最初的吻

当云朵清楚极了
听得见你我嘴唇
这两朵神秘火焰

这是我母亲给我的嘴唇
这是你母亲给你的嘴唇
我们合着眼睛共同啜饮
像万里洁白的羊群共同啜饮

当我睁开双眼
你头发散乱
乳房像黎明的两只月亮

在有太阳的弯曲的木头上
晾干你美如黑夜的头发

1986（？）

我的窗户里埋着一只为你祝福的杯子

那是我最后一次想起的中午
那是我沉下海水的尸体
回忆起的一个普通的中午

记得那个美丽的
穿着花布的人
抱着一扇木门
夜里被雪漂走

梦中的双手
死死捏住火种

八条大水中
高喊着爱人

小林神，小林神
你在哪里

葡萄园之西的话语

也好
我感到
我被抬向一面贫穷而圣洁的雪地
我被种下，被一双双劳动的大手
仔仔细细地种下

于是，我感到所罗门的帐幔被一阵南风掀开
所罗门的诗歌
一卷卷
滚下山腰
如同泉水
打在我脊背上

涧中黑而秀美的脸儿
在我的心中埋下。也好
我感到我被抬向一面贫穷而圣洁的雪地
你这女子中极美丽的，你是我的棺材，我是你的棺材

1986.8.25

梭罗这人有脑子（组诗）

1.

梭罗这人有脑子
像鱼有水、鸟有翅
云彩有天空

2.

好在这人不是女性
否则会有一对
洁白的冬熊
摇摇晃晃上路
靠近他乳房
凑上嘴唇

3.

梭罗这人有脑子
梭罗手头没有别的
抓住了一根棒木
那木棍揍了我

狠狠揍了我
像春天揍了我

4.

梭罗这人有脑子
看见湖泊就高兴

5.

梭罗这人有脑子
用鸟巢做邮筒
两封信同时飞到
还生下许多小信
羽毛翩跹

6.

梭罗这人有脑子
不言不语让东窗天亮西窗天黑
其实他哪有窗子
梭罗这人有脑子
不言不语又做男人又做女人
其实生下的儿子还是他自己

7.

灯火的屋中
梭罗的盔
——一卷荷马

这人有脑子
以雪代马
渡我过水

8.

梭罗这人有脑子
月亮照着他的鼻子

9.

那个抒情的鼻子
靠近他的脑子

靠近他深如树林的眼睛
靠近他饮水的唇
　　（愿饮得更深）

构成脑袋
或者叫头

10.

白天和黑夜
像一白一黑
两只寂静的猫
睡在你肩头

你倒在林间路途上

让床在木屋中生病
梭罗这人有脑子
让野花结成果子

11.

梭罗这人有脑子
像鱼有水、鸟有翅
云彩有天空

梭罗这人就是
我的云彩，四方邻国
的云彩，安静
在豆田之西
我的草帽上

12.

太阳，我种的
豆子，凑上嘴唇
我放水过河

梭罗这人有脑子

梭罗的盔
——一卷荷马

1986.8.15

给托尔斯泰

我想起你如一位俄国农妇暴跳如雷
补一只旧鞋的
手
时时停顿
这手掌混同于
兵士的臭脚、马肉和盐
你的灰色头颅一闪而过
教堂的裸麦中央
北方流注的河流马的脾气暴跳如雷
胸膛上面排排旧俄的栅栏暴跳如雷
低矮的天空、灯火和农妇暴跳如雷

吹灭云朵
吹灭火焰
吹灭灯盏
吹灭一切妓女
和善良女人的
嘴唇

你可以耕地，补补旧鞋
你可以爱他人，读读福音书
我记得陈旧的河谷端坐老人
端坐暴跳如雷的老人

1985.12 草稿
1986.12 修改

给卡夫卡

囚徒核桃的双脚

在冬天放火的囚徒
无疑非常需要温暖
这是亲如母亲的火光
当他被身后的几十根玉米砸倒
在地，这无疑又是
富农的田地

当他想到天空
无疑还是被太阳烧得一干二净
这太阳低下头来，这脚镣明亮
无疑还是自己的双脚，如同核桃
埋在故乡的钢铁里
工程师的钢铁里

1986.6.16

天鹅

夜里，我听见远处天鹅飞越桥梁的声音
我身体里的河水
呼应着她们

当她们飞越生日的泥土、黄昏的泥土
有一只天鹅受伤
其实只有美丽吹动的风才知道
她已受伤。她仍在飞行

而我身体里的河水却很沉重
就像房屋上挂着的门扇一样沉重
当她们飞过一座远方的桥梁
我不能用优美的飞行来呼应她们

当她们像大雪飞过墓地
大雪中却没有路通向我的房门
——身体没有门——只有手指
竖在墓地，如同十根冻伤的蜡烛

在我的泥土上
在生日的泥土上
有一只天鹅受伤
正如民歌手所唱

海子小夜曲

以前的夜里我们静静地坐着
我们双膝如木
我们支起了耳朵
我们听得见平原上的水和诗歌
这是我们自己的平原，夜晚和诗歌

如今只剩下我一个
只有我一个双膝如木
只有我一个支起了耳朵
只有我一个听得见平原上的水
　　诗歌中的水
在这个下雨的夜晚
如今只剩下我一个
为你写着诗歌
这是我们共同的平原和水
这是我们共同的夜晚和诗歌

是谁这么说过　海水
要走了　要到处看看
我们曾在这儿坐过

1986.8

给你（组诗）

1.

在赤裸的高高的草原上
我相信这一切：
我的脚，一颗牝马的心
两道犁沟，大麦和露水
在那高高的草原上，白云浮动
我相信天才，耐心和长寿
我相信有人正慢慢地艰难地爱上我
别的人不会，除非是你
我俩一见钟情
在那高高的草原上
赤裸的草原上
我相信这一切
我相信我俩一见钟情

2.

我爱你
跑了很远的路
马睡在草上
月亮照着他的鼻子

3.

爱你的时刻
住在旧粮仓里
写诗在黄昏

我曾和你在一起
在黄昏中坐过
在黄色麦田的黄昏
在春天的黄昏
我该对你说些什么

黄昏是我的家乡
你是家乡静静生长的姑娘
你是在静静的情义中生长
没有一点声响
你一直走到我心上

4.

当她在北方草原摘花的时候
我的双手驶过南方水草
用十指拨开
寂寞的家门

她家木门下几个姐妹的脸

亲人的脸

像南方的雨

真正的雨水

落在我头上

5.

冬天的人

像神祇一样走来

因为我在冬天爱上了你

1986.8

给 B 的生日[1]

天亮我梦见你的生日
好像羊羔滚向东方
——那太阳升起的地方

黄昏我梦见我的死亡
好像羊羔滚向西方
——那太阳落下的地方

秋天来到，一切难忘
好像两只羊羔在途中相遇
在运送太阳的途中相遇
碰碰鼻子和嘴唇
——那友爱的地方
那秋风吹凉的地方
那片我曾经吻过的地方

1986.9.10

[1] B 为海子的初恋女友。

北斗七星　七座村庄

——献给萍水相逢的额济纳姑娘

村庄　水上运来的房梁　漂泊不定
还有十天　我就要结束漂泊的生涯
回到五谷丰盛的村庄　废弃果园的村庄
村庄　是沙漠深处你所居住的地方　额济纳！

秋天的风早早地吹　秋天的风高高地吹
静静面对额济纳
白杨树下我吹灭你的两只眼睛
额济纳　大沙漠上静静地睡

额济纳姑娘　我黑而秀美的姑娘
你的嘴唇在诉说　在歌唱
五谷的风儿吹过骆驼和牛羊
翻过沙漠　你是镇子上最令人难忘的姑娘

1986

黄金草原

草原上的羊群
在水泊上照亮了自己
像白色温柔的灯
睡在男人怀抱中

而牧羊人来自黄金草原
头颅像一棵树根
把羊抱进谷仓里
然后面对黄金和酒杯
称呼你为女人

女人，我知心的朋友
风吹来风吹去
你如星的名字
或者羊肉的腥

你在山崖下睡眠
七只绵羊七颗星辰
你含在我口中似雪未化
你是天空上的羊群

怅望祁连（之一）

那些是在过去死去的马匹
在明天死去的马匹
因为我的存在
它们在今天不死
它们在今天的湖泊里饮水食盐

天空上的大鸟
从一颗樱桃
或马骷髅中
射下雪来
于是马匹无比安静
这是我的马匹
它们只在今天的湖泊里饮水食盐

1986

怅望祁连（之二）

星宿　刀　乳房
这就是雪水上流下来的东西
　　“亡我祁连山，使我牛羊不蕃息
　　失我胭脂山，令我妇女无颜色”
只有黑色牲畜的尾巴
鸟的尾巴
鱼的尾巴
儿子们脱落的尾巴
像七种蓝星下
插在屁股上的麦芒
风中拂动
雪水中拂动

1986

喜马拉雅

高原悬在天空
天空向我滚来
我丢失了一切
面前只有大海

我是在我自己的远方
我在故乡的海底——
走过世界最高的地方
喜马拉雅　喜马拉雅

你是谁
饥饿
怀孕
把无尽的
滚过天空的头颅
放回天空

我从大海来到落日的中央
飞遍了天空找不到一块落脚之地
今日有粮食却没有饥饿
今天的粮食飞遍了天空

找不到一只饥饿的腹部
饥饿用粮食喂养
更加饥饿，奄奄一息
草原上的天空不可阻挡

嘴唇和我抱住河水
头颅和他的姐妹
在大河底部通向海洋
割下头颅的身子仍在世上
最高的一座山
仍在向上生长

雨

打一只火把走到船外去看山头被雨淋湿的麦地
又弱又小的麦子

然后在神像前把火把熄灭
我们沉默地靠在一起
你是一个仙女，住在庄园的深处

月亮　你寒冷的火焰　你雨衣中裸体少女依然新鲜

今天夜晚的火焰穿戴得像一朵鲜花
在南方的天空上游泳
在夜里游泳，越过我的头顶

高地的小村庄又小又贫穷
像一棵麦子
像一把伞
雨中裸体少女沉默不语

贫穷孤独的少女　像女王一样　住在一把伞中
阳光和雨水只能给你尘土和泥泞
你在伞中，躲开一切
拒绝泪水和回忆

黎明：一首小诗

黎明
我挣脱
一只陶罐
或大地的边缘

我的双手　向着河流飞翔
我挣脱一只刻划麦穗的陶罐　太阳
我看见自己的面容　火焰
在黎明的风中飘忽不定

我看见自己的面容
火焰　像一片升上天空的大海
像静静的天马
向着河流飞翔

1985 草稿
1987 改

九首诗的村庄

秋夜美丽
使我旧情难忘
我坐在微温的地上
陪伴粮食和水
九首过去的旧诗
像九座美丽的秋天下的村庄
使我旧情难忘

大地在耕种
一语不发，住在家乡
像水滴、丰收或失败
住在我心上

1987

野花

野花
和平与情歌
的村庄
女儿的女儿
野花

中国丁香的少女！
在林中酣睡
长发似水
容貌美丽无比
你是囚禁在一颗褐色星球上孤独的情人！

野兽的琴
各色小鸟秘密的隐衷
大地彩色的屋顶
太小太美
如心

心啊
雨和幸福
的女儿
水滴爱你

伴侣爱你

我爱你

野花自己也爱你

1987.10

日出
——见于一个无比幸福的早晨的日出

在黑暗的尽头
太阳，扶着我站起来
我的身体像一个亲爱的祖国，血液流遍
我是一个完全幸福的人
我再也不会否认
我是一个完全的人我是一个无比幸福的人
我全身的黑暗因太阳升起而解除
我再也不会否认　天堂和国家的壮丽景色
和她的存在……在黑暗的尽头！

1987.8.30 醉后早晨

不幸（组诗）

——给荷尔德林

1. 病中的酒

抬起了一张病床
我的荷尔德林　他就躺在这张床上
马　疯狂地奔驰一阵
横穿整个法兰西

成为纯洁诗人、疾病诗人的象征
不幸的诗人啊
人们把你像系马一样
系在木匠家一张病床上

我不知道
在八月逝去的黄昏
二哥索福克勒斯
是否用悲剧减轻了你的苦痛

当那些姐妹和长老
举起了不幸的羊毛
燃烧的羊毛
像白雪一样地燃烧

他说——不要着急，焦躁的诸神
等一首故乡的颂歌唱完
我就会钻进你们那
黑暗和迟钝的羊角

丰足的羊角　呜呜作响的羊角
王冠和疯狂的羊角：我躺下
——“一万年太久”
只有此羊角　诗歌黑暗　诗人盲目

2. 怀念（或没有收获）

等你手拿钝镰刀
割下白雪和羊毛
不幸的荷尔德林已经发疯

修道院总管的儿子
银行家夫人的情人
不幸的荷尔德林已经发疯

等你建好医院
安放好一张又一张病床
荷尔德林就躺在第一张床上
经历没有收获的日子

那是幸福的
——“收获即苦难。”

只好怀念大雁——
那哭泣和笑容的篮子
当你追随我
来到人类的生活
只好怀念大雁——
那被黄昏染红的肉体的新娘。

3. 牧羊人的舞蹈——对称

——黑暗沉寂之国

（有题无诗）

4. 血以后是黑暗——比血更红的是黑暗

荷尔德林——告诉我那黑暗是什么
他又怎样把你淹没
把你拥进他的怀抱
像大河淹没了一匹骏马

存在者　嘶叫者　和黑暗之桶的主人啊
你——现在又怎样在深渊上飞翔——阴郁地起舞
　——将我抛弃

并将我嘲笑——荷尔德林

你可是也已成为黑暗的大神的一部分

故乡

……我们仍抱着这光中飞散的桶的碎片营造土地和村庄

他们终究要被黑暗淹没

告诉我，荷尔德林——我的诗歌为谁而写

掘地深藏的地洞中毒药般诗歌和粮食

房屋和果树——这些碎片——在黑暗中又会呈现怎样的景象，荷尔德林？

延续六年的阴郁的旅行之路啊

兄弟们是否理解？狄奥提马是否同情——她虽已早死？

哪一位神曾经用手牵引你度过这光明和黑暗交织的道路？

你在那些渡口又遇见什么样的老母和木匠的亲人？

他们是幻象，还是真理？

是美丽还是谎言？是阴郁还是狂喜？

还是这两者的合一：统治。

血以后是黑暗——比血更红的是黑暗

我永久永久怀念着你

不幸的兄弟　荷尔德林！

5. 致命运女神

怀抱心上人摔坏的一盏旧灯

怀抱悬崖上幸福的花草纵身而下

红色的大雁
隔河相望美丽村镇

致命运女神的几行诗句
痛苦在山上但说无妨

红色的大雁
在南风中微微吹动

少女食羊　羊食少年死后长出的青青草秆
一团白云卷走了你

随风来去的羊
——命运女神！

1987.11.7 夜录

尼采，你使我想起悲伤的热带

别人的诗：金黄的秋收俯伏在希腊的大理石上

一只陶罐上
镌刻一尾鱼
我住在鱼头
你住在鱼尾
我在冰天雪地的酒馆忙于宗教
冻得全身发红
你头发松开，充满情欲和狂暴

悲伤的热带
南方的岛屿
我的梦之蛇

你踏上雇佣军向南进军的大道
走出战俘营代价昂贵
辉煌的十年疯狂之门
一眼望见天堂里诗人歌唱的梨花朵朵
像原始人交换新娘后
堆积在梦中岛屿上的盐
水滴中千万颗乳房
歌唱我的一生
热带是
我的心情

是　国王的女儿
蜥蜴和袋鼠跳跃峡谷的女儿
和我
另一位呢喃而疯狂的诗人
同住在一只壶里

我的心情逼迫群蛇起舞　拥抱死亡的鹰
热带的悲伤少女
季节和岁月的火焰
你们都在十五岁就一命归天

水滴中千万颗乳房
归于虚无的热带
古老猎手萌生困惑
在山顶自缢

1987.11.6 夜

长发飞舞的姑娘（五月之歌）

玫瑰谢了，玫瑰谢了
如早嫁的姐妹飘落，飘落四方
我红色的姐姐，我白色的妹妹
大地和水挽留了她们　熄灭了她们
她们黯然熄灭，永远沉默却是为何？
姐妹们，你们能否告诉我
你们永久的沉默是为了什么

长发飞舞的黑眼睛姑娘
不像我的姐姐　也不像妹妹
不似早嫁的姐妹迟迟不归

如今我坐在街镇的一角
为你歌唱，远离了五谷丰盛的村庄

1987.5

月光

今夜美丽的月光　你看多好！
照着月光
饮水和盐的马
和声音

今夜美丽的月光　你看多美丽
羊群中　生命和死亡宁静的声音
我在倾听！

这是一支大地和水的歌谣，月光！

不要说　你是灯中之灯　月光！

不要说心中有一个地方
那是我一直不敢梦见的地方
不要问　桃子对桃花的珍藏
不要问　打麦大地　处女　桂花和村镇
今夜美丽的月光　你看多好！

不要说死亡的烛光何须倾倒
生命依然生长在忧愁的河水上

月光照着月光　月光普照

今夜美丽的月光合在一起流淌

1986.7 初稿

1987.5 改

灯

我们坐在灯上
我们火光通明
我们做梦的胳膊搂在一起
我们栖息的桌子飘向麦地
我们安坐的灯火涌向星辰

灯光，我明丽又温暖
的橘黄的雪
披上新娘的微黄的发辫

（灯
只有你
你仿佛无鞋
你总是行色匆匆）
灯，你的名字
掌在我手上

灯，月亮上
亮起的心
和眼睛

灯
躲在山谷
躲在北方山顶的麦地

灯啊
我们做梦的房子飘向麦田
桌子上安放求婚的杯盏
祈求和允诺的嘴唇
是灯

灯
一丛美丽
暖和
一个名字
我的秘密
我的新娘
叫小灯

灯
明天的雪中新娘
安坐在屋中
你为什么无鞋
你为什么
竖起一根通红的手指
挡住出嫁日期

1985；1987

麦地（或遥远）

发自内心的困扰　饱含麦粒的麦地
内心暴烈
麦粒在手上缠绕

麦粒　大地的裸露
大地的裸露　在家乡多孤独
坐在麦地上忘却粮仓　歉收或充盈的痛苦
谷仓深处倾吐一句真挚的诗　亲人的询问

幸福不是灯火
幸福不能照亮大地
大地遥远　清澈镌刻
痛苦
海水的光芒
映照在绿色粮仓上
鱼鲜撞动

沙漠之上的雪山
天空的刀刃
冰川　散开大片羽毛的光
大片的光　在河流上空　痛苦地飞翔

幸福的一日
——致秋天的花楸树

我无限地热爱着新的一日
今天的太阳　今天的马　今天的花楸树
使我健康　富足　拥有一生

从黎明到黄昏
阳光充足
胜过一切过去的诗
幸福找到我
幸福说："瞧　这个诗人
他比我本人还要幸福。"

在劈开了我的秋天
在劈开了我的骨头的秋天
我爱你，花楸树

1987

献诗

——给 S

谁在美丽的早晨
谁在这一首诗中

谁在美丽的火中　飞行
并对我有无限的赠予

谁在炊烟散尽的村庄
谁在晴朗的高空

天上的白云
是谁的伴侣

谁身体黑如夜晚　两翼雪白
在思念　在鸣叫

谁在美丽的早晨
谁在这一首诗中

1987.2.11

十四行：夜晚的月亮

推开树林
太阳把血
放入灯盏

我静静坐在
人的村庄
人居住的地方

一切都和本原一样
一切都存入
人的世世代代的脸
一切不幸

我仿佛
一口祖先们
向后代挖掘的井
一切不幸都源于我幽深而神秘的水

1985.6.19

十四行：玫瑰花园

明亮的夜晚
我来到玫瑰花园
我脱下诗歌的王冠
和沉重的土地的盔甲

玫瑰花园　玫瑰花园
我们住在绝色美人的身旁　仿佛住在月亮上
我们谈论佛光中显出的美丽身影
和雪水浇灌下你的美丽的家园

我们谈到但丁　和他的永恒的贝亚德丽丝
以及天国、通往那儿永恒的天路历程
四川，我诗歌中的玫瑰花园
那儿诞生了你——像一颗早晨的星那样美丽

明亮的夜晚　多么美丽而明亮
仿佛我们要彻夜谈论玫瑰直到美丽的晨星升起

1987.8.26

秋日山谷

我手捧秋天脱下的盔甲
崇山峻岭大火熊熊
秋天宛若昨天的梦境
我们脱落的睫毛　在山谷变成火把

照亮百花凋零的山谷
把她们变幻无常的一生做成酒精
那是秋天的灯　凛然神采坐在远方
那是醉卧荒山野岭的我们……

……饱经四季的摧残
在山谷，我们的头颅在夜里变成明亮的灯盏和酒杯
相互照亮和祝福之后
此刻我们就要逃遁

1987

八月之杯

八月逝去　山峦清晰
河水平滑起伏
此刻才见天空
天空高过往日

有时我想过
八月之杯中安坐真正的诗人
仰视来去不定的云朵
也许我一辈子也不会将你看清

一只空杯子　装满了我撕碎的诗行
一只空杯子　——可曾听见我的喊叫？！
一只空杯子内的父亲啊
内心的鞭子将我们绑在一起抽打

1987

秋天

你带来水　酒瓶和粮食

秋天　千里内外
树叶安睡大地
果实沉落桶底
发出闷闷声响

让镰刀平放
丰收的草原

秋天的水　上升
直到果实　果实
回声似的对称的乳房

秋天　丰收的篮子
天堂的篮子
盛放——“果实”
病床头刻划的
阿拉伯或恒河
的永久文字

而鱼唱着　梦着　村落
水离开了形状
离开了手

回声
这是两只丰收的篮子　彼此对称
乳房
手

1986.1 草稿
1987.5 改
1987.9 再改

祖国（或以梦为马）

我要做远方的忠诚的儿子
和物质的短暂情人
和所有以梦为马的诗人一样
我不得不和烈士和小丑走在同一道路上

万人都要将火熄灭　我一人独将此火高高举起
此火为大　开花落英于神圣的祖国
和所有以梦为马的诗人一样
我藉此火得度一生的茫茫黑夜

此火为大　祖国的语言和乱石投筑的梁山城寨
以梦为上的敦煌——那七月也会寒冷的骨骼
如雪白的柴和坚硬的条条白雪　横放在众神之山
和所有以梦为马的诗人一样
我投入此火　这三者是囚禁我的灯盏　吐出光辉

万人都要从我刀口走过　去建筑祖国的语言
我甘愿一切从头开始
和所有以梦为马的诗人一样
我也愿将牢底坐穿

众神创造物中只有我最易朽　带着不可抗拒的死亡的速度

只有粮食是我珍爱　我将她紧紧抱住　抱住她　在故乡生儿
　育女
和所有以梦为马的诗人一样
我也愿将自己埋葬在四周高高的山上　守望平静家园

面对大河我无限惭愧
我年华虚度　空有一身疲倦
和所有以梦为马的诗人一样
岁月易逝　一滴不剩　水滴中有一匹马儿一命归天

千年后如若我再生于祖国的河岸
千年后我再次拥有中国的稻田　和周天子的雪山
　天马踢踏
和所有以梦为马的诗人一样
我选择永恒的事业

我的事业　就是要成为太阳的一生
他从古至今——“日”——他无比辉煌无比光明
和所有以梦为马的诗人一样
最后我被黄昏的众神抬入不朽的太阳

太阳是我的名字
太阳是我的一生
太阳的山顶埋葬　诗歌的尸体——千年王国和我
骑着五千年凤凰和名字叫“马”的龙——我必将失败
但诗歌本身似太阳必将胜利

1987

一滴水中的黑夜

一滴水中的黑夜
一滴泪水中的全部黑夜

一滴无名的泪水
在乡村长大的泪水
飞在乡村的黑夜
山坡上，几棵冬天的草

看见四海龙王　在黄昏之后
举起一片淹没了野鸽子的
漆黑的像黑夜的海水
一样的天空

海水把你推上岸来
一滴水中的黑夜
推到我的怀抱
朝夕相伴，如痴如醉

一滴泪水有她自己的笑容
就像黑夜中闪闪的星星
这些陌生人系好了自己的马

在女王广大的田野和树林

1988.2.11

夜色

在夜色中
我有三次受难：流浪、爱情、生存
我有三种幸福：诗歌、王位、太阳

1988.2.28 夜

太阳和野花

——给 AP

太阳是他自己的头
野花是她自己的诗

我对你说
你的母亲不像我的母亲

在月光照耀下
你的母亲是樱桃
我的母亲是血泪

我对天空说
月亮，她是你篮子里纯洁的露水
太阳，我是你场院上发疯的钢铁

太阳是他自己的头
野花是她自己的诗
在一株老榆树的底下
平原上
流过我的骨头

在猎人夫妻的眼中　在山地

那自由的尸首
淌向何方

两位母亲在不同的地方梦着我
两位女儿在不同的地方变成了母亲
当田野还有百合，天空还有鸟群
当你还有一张大弓、满袋好箭
该忘记的早就忘记
该留下的永远留下

太阳是他自己的头
野花是她自己的诗

总是有寂寞的日子
总是有痛苦的日子
总是有孤独的日子
总是有幸福的日子
然后再度孤独

是谁这么告诉过你：
答应我
忍住你的痛苦
不发一言
穿过这整座城市
远远地走来

去看看他　去看看海子
他可能更加痛苦
他在写一首孤独而绝望的诗歌
　死亡的诗歌

他写道：
平原上
流过我的骨头
当高原的人　在榆树底下休息
当猎人和众神
或起或坐，时而相视，时而相忘
当牛羊和牛羊在草上
看见一座悬崖上
牧羊人堕下，额角流血
再也救不活他了——
他写道：
平原上
流过我的骨头

这时，你要
去看看他

答应我
忍住你的痛苦
不发一言
穿过这整座城市

那个牧羊人
也许会被你救活
你们还可以成亲
在一对大红蜡烛下
这时他就变成了我

我会在我自己的胸脯找到一切幸福
红色荷包、羊角、蜂巢、嘴唇
和一对白色羊儿般的乳房

我会给你念诗：
太阳是他自己的头
野花是她自己的诗

到那时　到那一夜
也可以换句话说：
太阳是野花的头
野花是太阳的诗
他们只有一颗心
他们只有一颗心

1988.5.16 夜
删 1986 年以来许多旧诗稿而得

远方

远方除了遥远一无所有

遥远的青稞地
除了青稞　一无所有

更远的地方　更加孤独
远方啊　除了遥远　一无所有

这时　石头
飞到我身边

石头　长出　血
石头　长出　七姐妹

站在一片荒芜的草原上

那时我在远方
那时我自由而贫穷

这些不能触摸的　姐妹
这些不能触摸的　血
这些不能触摸的　远方的幸福
远方的幸福　是多少痛苦

1988.8.19 萨迦夜，8.21 拉萨

青海湖

这骄傲的酒杯
为谁举起
荒凉的高原

天空上的鸟和盐　为谁举起

波涛从孤独的十指退去
白鸟的岛屿，儿子们围住
在相距遥远的肮脏镇上。

一只骄傲的酒杯
青海的公主　请把我抱在怀中
我多么贫穷，多么荒芜，我多么肮脏
一双雪白的翅膀也只能给我片刻的幸福

我看见你从太阳中飞来
蓝色的公主　青海湖
我孤独的十指化为天空上雪白的鸟

1988.7.25

山楂树

今夜我不会遇见你
今夜我遇见了世上的一切
但不会遇见你

一棵夏季最后
火红的山楂树
像一辆高大女神的自行车
像一个女孩　畏惧群山
呆呆站在门口
她不会向我
跑来！

我走过黄昏
像风吹向远处的平原
我将在暮色中抱住一棵孤独的树干
山楂树！一闪而过　啊！山楂

我要在你火红的乳房下坐到天亮
又小又美丽的山楂的乳房
在高大女神的自行车上
在农奴的手上

在夜晚就要熄灭

1988.6.8~10

日记

姐姐，今夜我在德令哈，夜色笼罩
姐姐，我今夜只有戈壁

草原尽头我两手空空
悲痛时握不住一颗泪滴
姐姐，今夜我在德令哈
这是雨水中一座荒凉的城

除了那些路过的和居住的
德令哈……今夜
这是唯一的，最后的，抒情
这是唯一的，最后的，草原

我把石头还给石头
让胜利的胜利
今夜青稞只属于她自己
一切都在生长
今夜我只有美丽的戈壁　空空
姐姐，今夜我不关心人类，我只想你

1988.7.25 火车经德令哈

花儿为什么这样红

透过泪水看见马车上堆满了鲜花

豹子和鸟，惊慌地倒下，像一滴泪水
——透过泪水看见
马车上堆满了鲜花

风，你四面八方
多少绿色的头发，多少姐妹
挂满了雨雪

坐在夜王为我铺草的马车中

黑夜，你就是这巨大的歌唱的车辆
围住了中间
说话的火

一夜之间，草原如此深厚，如此神秘，如此遥远
我断送了自己的一生

在北方悲伤的黄昏的原野

1988.11.20

面朝大海，春暖花开

从明天起，做一个幸福的人
喂马，劈柴，周游世界
从明天起，关心粮食和蔬菜
我有一所房子，面朝大海，春暖花开

从明天起，和每一个亲人通信
告诉他们我的幸福
那幸福的闪电告诉我的
我将告诉每一个人

给每一条河每一座山取一个温暖的名字
陌生人，我也为你祝福
愿你有一个灿烂的前程
愿你有情人终成眷属
愿你在尘世获得幸福
我只愿面朝大海，春暖花开

1989.1.13

折梅

站在那里折梅花
山坡上的梅花
寂静的太平洋上一封信
寂静的太平洋上一人站在那里折梅花

折梅人在天上
天堂大雪纷纷　一人踏雪无痕
天堂和寂静的天山一样
大雪纷纷
站在那里折梅
亚洲，上帝的伞
上帝的斗篷，太平洋
太平洋上海水茫茫
上帝带给我一封信
是她写给我的信
我坐在茫茫太平洋上折梅，写信

1989.2.3

黎明（之一）
（阿根廷请不要为我哭泣）

我的混沌的头颅
是从哪里来的
是从哪里来的运货马车，摇摇晃晃
不发一言，经过我的山冈
马车夫像上帝一样，全身肮脏
伏在自己的膝盖上
抱着鞭子睡去的马车夫啊
抬起你的头，马车夫
山冈上天空望不到边
山冈上天空这样明亮
我永远是这样绝望
永远是这样

1989.2.21

黎明（之二）

（二月的雪，二月的雨）

我把天空和大地打扫干干净净
归还给一个素不相识的人
我寂寞地等，我阴沉地等
二月的雪，二月的雨

泉水白白流淌
花朵为谁开放
永远是这样美丽负伤的麦子
吐着芳香，站在山冈上

荒凉大地承受着荒凉天空的雷霆
圣书上卷是我的翅膀，无比明亮
有时像一个阴沉沉的今天
圣书下卷肮脏而欢乐
当然也是我受伤的翅膀
荒凉大地承受着更加荒凉的天空

我空荡荡的大地和天空
是上卷和下卷合成一本
的圣书，是我重又劈开的肢体
流着雨雪、泪水在二月

1989.2.22

桃花时节

桃花开放
太阳的头盖骨一动一动，火焰和手从头中伸出
一群群野兽舔着火焰　刃
走向没落的河谷尽头
割开血口子。他们会把水变成火的美丽身躯

水在此刻是悬挂在空气的火焰
但在更深的地方仍然是水
翅膀血红，富于侵略
那就是独眼巨人的桃花时节
独眼巨人怀抱一片桃林

他看见的　全是大地在滔滔不绝地纵火
他在一只燃烧的胃的底部
与桃花骤然相遇
互为食物和王妻
在断头台上疯狂地吐火

乳房吐火
挂在陆地上

从笨重天空跌落的

撞在陆地上　撞掉了头撞烂了四肢

在春天　在亿万人民中间　在群兽吐火的地方

她们产生了幻觉

群兽吐火长出了花朵

群兽一排排　肉包着骨　长成树林

吐火就是花朵　多么美丽的景色

你在一种较为短暂的情形下完成太阳和地狱

内在的火，寒冷无声地燃烧

生出了河流两岸大地之上的姐妹

朝霞和晚霞

无声地在山峦间飘荡

我俩在高原　在命运三姐妹无声的织机织出的牧场上相遇

1987 初稿

1988 初改

1988 底再改

1989.3.14 再改

春天

春天的时刻上登天空
舔着十指上的鲜血
春天空空荡荡
培养欲望　鼓吹死亡

风是这样大
尘土这样强暴
再也不愿从事埋葬
多少头颅破土而出

春天，残酷的春天
每一只手，每一位神
都鲜血淋淋
撕裂了大地胸膛

太阳啊
你那愚蠢的儿子呢
他去了何方
天空如此辽阔
烧死在悲痛的表面
大海啊
这阳光闪烁
的悲痛表面

秋天的儿子
他去了何方
千秋万代中那唯一的儿子
去了何方？

女儿内心充满仇恨和寒冷
想念你，爱着你，但看不见你
她没有你就像天空没有边缘
天空空空荡荡，一派生机
我们无可奈何
我们无法活在悲痛的中心

天空上的光明
你照亮我们
给我们温暖的生命
但我们不是为你而活着
我们活着只为了自我
也只有短暂的一个春天的早晨
愿你将我宽恕
愿你在这原始的中心安宁而幸福地居住
你坐在太阳中央把斧子越磨越亮，放着光明
愿你在一个宁静的早晨将我宽恕
将我收起在一个光明的中心
愿我在这个宁静的早晨随你而去
忘却所有的诗歌

我会在中心安宁地居住，就像你一样
把他的斧子越磨越亮，吃，劳动，舞蹈
沉浸于太阳的光明

在羊群踩出的道上是羊群的灵魂蜂拥而过
在豹子踩出的道上是豹子的灵魂蜂拥而过
哪儿有我们人类的通道
有着锐利感觉的斧子
像光芒　在我胸口
越磨越亮

太阳的波浪
隐隐作痛
我进入太阳
粗糙而光明
那前一个夜晚
人类携带妻子
疯狂奔跑四散
这是春天
这是最后的春天
他们去了何方？

天空辽阔
低垂黄昏
人类破碎

我内心混沌一片
我面对着春天
我就是她的鲜血和黑暗

我内心浑浊而宁静
我在这里粗糙而光明
大地啊
你过去埋葬了我
今天又使我复活

和春天一起
沉默在我内部
天空之火在我内部
吹向旷野
旷野自己照亮

在最后的时刻　海底
在最后的黎明之前　他们去了何方？

1987.7 草稿
1988.2 二稿
1989.3 三稿

春天，十个海子

春天，十个海子全部复活
在光明的景色中
嘲笑这一个野蛮而悲伤的海子
你这么长久地沉睡究竟为了什么？

春天，十个海子低低地怒吼
围着你和我跳舞，唱歌
扯乱你的黑头发，骑上你飞奔而去，尘土飞扬
你被劈开的疼痛在大地弥漫

在春天，野蛮而悲伤的海子
就剩下这一个，最后一个
这是一个黑夜的孩子，沉浸于冬天，倾心死亡
不能自拔，热爱着空虚而寒冷的乡村

那里的谷物高高堆起，遮住了窗户
他们把一半用于一家六口人的嘴，吃和胃
一半用于农业，他们自己的繁殖
大风从东刮到西，从北刮到南，无视黑夜和黎明
你所说的曙光究竟是什么意思

1989.3.14 凌晨 3~4 点

最后一夜和第一日的献诗

今夜你的黑头发
是岩石上寂寞的黑夜
牧羊人用雪白的羊群
填满飞机场周围的黑暗

黑夜比我更早睡去
黑夜是神的伤口
你是我的伤口
羊群和花朵也是岩石的伤口

雪山　用大雪填满飞机场周围的黑暗
雪山女神吃的是野兽穿的是鲜花
今夜　九十九座雪山高出天堂
使我彻夜难眠

1989.1.16 草稿
1989.1.24 改

黑夜的献诗

——献给黑夜的女儿

黑夜从大地上升起
遮住了光明的天空
丰收后荒凉的大地
黑夜从你内部升起

你从远方来，我到远方去
遥远的路程经过这里
天空一无所有
为何给我安慰

丰收之后荒凉的大地
人们取走了一年的收成
取走了粮食骑走了马
留在地里的人，埋得很深

草杈闪闪发亮，稻草堆在火上
稻谷堆在黑暗的谷仓
谷仓中太黑暗，太寂静，太丰收
也太荒凉，我在丰收中看到了阎王的眼睛

黑雨滴一样的鸟群
从黄昏飞入黑夜
黑夜一无所有
为何给我安慰

走在路上
放声歌唱
大风刮过山冈
上面是无边的天空

1989.2.2

长诗

河流

梦想你是一条河，而且睡得像一条河。

——洛尔迦给惠特曼

（一）春秋

1. 诞生

你诞生
风雪替你凿开窗户
重复的一排
走出善良的母羊
走出月亮
走出流水美丽的眼睛

远远望去
早晨是依稀可辨的几个人影
越来越直接地逼视你
情人的头发尚未绾起
你细小的水流尚未挽起
没有网和风同时撒开
没有洁白的鱼群在水面上

使我想起生殖
想起在滴血的晚风中分娩
黄金一样的日子
我造饭，洗浴，赶着水波犁开森林
你把微笑搁在秋分之后
搁在瀑布睡醒之前
我取出
取出

姐妹们头顶着盛水的瓦盆
那些心
那些湿润中款款的百合
那些滋生过恋情和欢欢爱爱的鸳鸯水草
甚至城外那只刻满誓言的铜鼎
都在挽留
你还是要乘着夜晚离开这里
在窄小的路上
我遇见历史和你
我是太阳，你就是白天
我是星星，你就是夜晚

2.让我离开这里

抱着琴
有一种细长尖锐的穿透

有一腔浓稠苦涩的黄水
在沙地上
至今还隐隐约约被人提起
在一片做梦的铃兰地上
被人提起：
或者能流出点什么
你是水
是每天以朝霞洗脸的当家人
喘息着
抚养匆匆来去的生灵

第一个想法是春天
春天却随花朵落去
因此第二个想法属于那些枝干
枝干刨成的小船像劳累的手指
拨动长眠不醒的地方
像门扇
偷偷开启
我毫不回头地走出
于是我想起紫罗兰和我都年轻的那一年
人们听说泉水要从这儿路过
匆匆走出每只箱子似的山洞
在一片空地之上
诞生了语言和红润的花草，溪水流连
也有第一对有情有义的人儿

长饮之后
去远方
人间的种子就这样散开
牛角呜呜地响着
天地狭小，日子紧凑

你遮遮盖盖
你第一次暗示的身孕过于突然
你又掩饰
以遍地的村镇掩饰越来越响的水声
你感到
空旷是对种植的承诺
让孩子们
用花草鞭醒岸上沉睡的泥团
接着你远去
　　你为什么要远去
前面的日子空寂无声

3. 水哟，你这带着泥沙的飞不起来的蓝色火舌

是谁
领我走进这片无边的土地
让黑夜和白天的大脚
轮流踩上我的额头
颅骨里总有沉重的东西

在流动

流动

人和水

相遇在尘土中

吸收着太阳和盐

我是一条紫色的土地的鞭痕

在日子深处隐现

我的眉心拧结着许多紫色的梦

世界像成群的水禽

踩上我的弓箭

大地在倾斜

晨光中生物们把影子纷纷摇落

一天又一天

落满我的双肩

就像越来越多的声音充满平原和山地

躲也躲不开

正在成熟的婴儿掉进我的血管

河岸的刀尖逼向一切

雷声呼唤着滚过草甸，黄帝轩辕

我凝视

凝视每个人的眼睛

直到看清

彼此的深浊和苦痛

我知道我是河流

我知道我身上一半是血浆一半是沉沙

在滴血的晚风中分娩

谷底走出一批湿漉漉的灵魂
向你索取通道
这些纤夫
纤夫的面孔
是一朵朵黑色粗壮悲哀的花
凶狠地围住
诗人纷乱的心灵
我，预先替世界做出呼吸

4. 母亲的梦

城堞一方
低矮地装饰着流水谷地
玉米红色的缨儿在我潮湿的嘴唇燃烧
几只瓮子盛着仅有的一切
在你离去的时候
别的种子还在泥浆中沉睡
连同那些擦身而过的草原
我迷失了方向
坐在这里
其他的迷路人却把我当成了山口
出出进进

后来我睡在果园的根里
我就居住在
冬天和春天之间
那几层黑土里
不必叫醒我
随便摘些新鲜的叶子
盖上我痛苦中深深的眼窝
我的手指枯瘦地伸向河流
直到水流消失在
另一只混浊的眼睛里

天空太深
月亮无声无息地落进
孩子们
从正在成长的青春背后
突然伸出一只又一只手臂

我摇着小船
离开这里
河岸上许多高高的立着的是梦
铺满芦花和少女
面对沃野千里，你转过身去
双肩卸下沉重的土地
梦想安息
动物舔干脊柱上的盐粒

重又流出木围
有一次深刻的边缘，节日
让许多人平常地踩过去
梦想海岸
你刚合上眼皮
渔人就用海螺做成眼睛互相寻找
女性的亲人
温情如蓝色的水

梦想草原来的一匹小红马
像一把红色的勺子
伸向水面
岸上
主人信步走去

5. 回声

鼓瑟
天地欲倾一方
群蛇在我身后探出头来
鸟儿是河流耳朵
也是回声
在鼓钹碎裂声中
抖落层层掩埋的叶片和毛羽
飞去

森林成为弃壳
我呼吸，我八面威风，我是回声
开窟为自己塑像

你要说出什么
说吧

一切回声
冰冷的回声
变成卵实上动物的胸房
公鹿犄角美丽的闪光
他们的草原营营有声
翅膀和根须间
村庄沉沉睡去
回声中雨雪霏霏
那最后告别的一眼
传说中的春秋
那些我大口大口吐出的鲜红的日子
也成为回声
当母马有孕时
它实际上还可以重活一次
你的背上月明星稀
你是我一切的心思
你是最靠近故乡的地方最靠近荣光的地方
最靠近胎房的地方

（二）长路当歌

1. 父亲

黄昏时分，一群父亲的影子走向树
绳索像是他们坐过的姿势，在远方则是留恋，回忆起往事
在土地上有一只黄乎乎的手在打捞，在延伸，人们散坐着
以为你是远远的花在走着，水啊
我渴望与父亲你的那一次谈话还要等多久呢

虽然你流动，但你的一切还在结构中沉睡
你在果园下经营着涩暗的小窑洞、木家具
砖儿垒得很结实
大雪下巨大的黑褐色体积在沉睡，那些木栅敲开了鸟儿的梦
花儿就在这些黑色的尸体上繁茂
其实，路上爬满了长眼睛的生物
你也该重新认识一下周围，花里盛着盏盏明亮的灯，叶里藏着刀
小水罐和那一部分渔具都是临时停在沙滩上，船板曝裂
送水的人呢
我渴得抓住一部分青草，我要把你嵌在这个时刻，一切开始形成
你抚摸着自己，望着森森的阴影，在你浑黄成清澈的肢体上，一切开始形成

你就是自己的父母，甚至死亡都仅仅是背景
你有高大的散着头发的伙伴，绿色的行路人，把果实藏在爱人的怀里
大批大批的风像孩子在沙土后面找机会出来
那时一切都在斜歪中变得年轻，折断根，我从记在心上的时刻游出
不只是因为家庭，弟兄们才拉起手来
我在夜里变得如此焦躁，渴望星星划破皮肤，手指截成河流
我的风串在你的脖子周围
那些鸽子是一些浪中战抖的小裸体，在月光下做梦
一群又一群骆驼止不住泪水，不是因为黄沙，不是因为月亮
而是因为你是一群缓缓移动的沉重的影子
我游着，那些叶片或迟或早在尖锐中冒出头来
像锐痛中的果实，像被撕裂的晚年

但现在又是一个劳动后的寂寞，太阳藏在每个人的心里，鸟儿寻找着
父亲的脸被老泪糊住，许许多多的影子都在火堆旁不安分地融化着
牛开始脱毛，露出弱瘦的骨碴之伤，冬天啊，多么想牵它到阳光里去
我只能趴在冬天的地上打听故乡的消息，屋后的坟场和那一年的大雪
有一行我的脚印
在永永远远的堆积、厚重、荣辱、脱皮、起飞的鸟和云，概

括着一切的颤抖中
你是河流
我也是河流

2. 树根之河

树根，我聚集于你的沉没，树根，谷种撒在我周围
我走在阴森的春天下，你的手指伸进我膨胀的下肢
你是愿望，一串小小的光芒
在悄悄栖息，被鸟儿用羽毛遮掩，走不完的上空
那些树根被早晨拎走了头颅，我摘下自己的头颅跟着他们走去
水流在岩石下像母亲挤在一起的五官，想看见，想听见，想伸出手去
裂开，断开，草原在我的指向中四面开花，永远在包围
走向何方，树根，我不是没有遗失，我遗失的是空旷，你的一个月份
用一些鱼骨，用一些锚架，把春天砸开一个缺口
把剩下的碎片都扫进我的心
一只手说出另一只手，树根，我啜饮
鱼鳞，那些闪闪烁烁逐渐走向浓厚的腥味，使我一眼望见人类之始
我在树根中用手挡，随便摸起一件物质作太阳，狼群微笑不止，布满四周
我在树根里把一条路当作另一条路来走，我在树根里碰翻了土地，甚至河流

我的头发在风中开成一排排被击倒的人影，雨是我夏天的眼皮
是液体，我的眼睛永远流向低矮的地方
我在抚摸中隆起它们，甚至隆起我自己
把脸当作翅膀，把脸挡住一切，一片长满黑漆漆树根的地方
　解决一切
我在枫木中伸直手掌
和送葬的人一同醒来，我的思绪烂在春花时刻，我坐在那里，
　一动不动
一些疙瘩永远停在翅膀上，树根，我用犄角对抗你
我在黑夜中提到那暖烘烘的一切，土地上成团的人抱着胳膊
　晒太阳
我于是成了一些传递中的嘴唇，酒精幽舌，成了一些人的母
　亲
我不得不再一次穿过人群走向自己，我的根须重插于荷花清
　水之中，月亮照着我
我为你穿过一切，河流，大量流入原野的人群，我的根须往
　深里去
腐土睡在我的怀中，就那么坐成一个鼓凸的姿势，我在腰上
　系着盛水的红容器，人们称为果实
当你把春风排到体外你就会与一切会合，你会在众人的呼吸
　中呼吸，甚至安眠
你把自己静静地放入人群，你在耳朵里把太阳听了个够，树根
你的厚厚的骨架在积雪的川地上，踏成季节，和以后的一切，
　爱或者恨
都重新开始，即使在麦地里永远有哭泣的声音传得很远，甚

至在另一块麦地里都
能听到，树根，你身边或许就是河流
或许就是四季，或许就是你饲养的岁月一群，或许就是爱人，
或许就是你自己的眼睛
连同化成香气的昆虫，水流
一切都想得那么深
把水当成挖掘的时刻，把火当成倾诉的红树干
甚至把母亲当成踏向远处的一串泪迹，母亲河
一串泪迹

3. 来到南方的海边

在森林中静静航行，在传说的黑翅膀下静静航行，我看见了
黄昏的河湾
母亲捧着水走过黄昏的风圈，爱人越缩越小，只能放进心里
一群牧羊人在羊群山苍凉的掩映下想起了南方和雨
山峦像清秀的渔夫撒满江面，岛屿像鸟的手指在夜里啜饮大海
南方，许多声音，许多声音
九个巨大的金属坐在海岸上，你的城市沉下一块又一块紫丁香
我追过桥去，一批石人石马等我静静退出
牛角号伴着我度过阵阵抽搐的夜晚，关起木栅，把黄昏和牛
放满一地
舞的人群消融得像一副疲惫的脸，在樱花树下拣起你的月亮，
你的风风雨雨
用一只腿跳着离开干涸的河床

揭开一层层泥沙，骨骼迎风而立
在必要的时刻，南方的河流，你的头发流泻那么多不可缺少的爱
男人累了，你让怀中孩子快快长大吧，日子长着呢
火堆闪烁，仿佛原野用膝盖走路，云朵闪烁，仿佛天空用眼睛飞翔
在旱季到来之前快把孩子养大成人，即使他离我而去
我也能筑起图案：笔直的鱼，一丛丛手指让海弯曲地折断
甚至牛望着星星坠进海里，爱人飞上天
在粗砂的碗上，在冬天的脚下，让村庄抱着我睡去
我拉扯着太阳和你们
来到海边

4. 舞

这股细小而寒冷的水流源于森林，森林起源于空地上的舞蹈
沿途你不断拣起什么又不断扔下什么，你踩在人们最想念你的时刻
但笑容渐渐远离河岸，你是一股奇特的睡意喷向我的面孔
在你流过的地方，牛的犄角转着光圈，连小屋也在月光下摆上了桌子和食品
你制造的器皿和梦的线条无一例外地泄露于大地上
你在土地上抱着一块石头就像抱着你自己，再也离不开
那些离去的渐渐变成仇恨
一天又一天，太阳不足以充实你也不足以破坏你

当另一种敲门声越来越重，你把岁月这支蜡烛吹灭，又点上了另一支岁月之光
你的真情在旋涡和叹息中被我一一识破，河流呵
春天战胜了法则，你踩着村庄走向比树和鸟还高的地方，走向比天还高的地方
我想起天地夹缝间大把大把撒开的花，年老的树木，刨土者和爬过门坎的孩子

一棵树结满我们的头颅，果实在秋天被妇人摘下或者烂在地里，树就要生长

我突然被自己的声音激动

因为提到了明天，人们扯下母胎中孕着的自己，河流的剧痛和黎明
一起无边的起伏，舞的火堆挤满陶罐，许多粗黑的胳膊拥在一起
河岸下太阳在泥沙中越来越肿大，被秋天接受，酒和铁互相递进喉咙
骨骼如林地长起，河流和翅膀变得黑褐无边
鸟儿成堆成堆地投入冬天的营地，让早晨被所有平静的湖水、岛屿拥有
被年轻的新娘们拥有，我摘下自己的帽子，头颅里响起婚礼的钟声
不再孤单，一切都能代表我和种子

我们的母亲，高粱和芦苇在北方拼命地挥动着头巾
白桦林在湖岸上寂静地长起，没有人知道浑浊的水繁殖了这么一大片林木
没有人知道故乡的土地在道路和河流之下还有什么
春天就在这时被我带来
三两个人拖着浓重的影子，举箭刺穿燃烧在荆丛中的一个声音
小兽们睁着眼睛，善良的星星和风暴预言的粗砂堆在离心很近的地方
垒住，泉涌如注，我扶膝而坐，倾听着花朵迁往苦难的远方
倾听着远方墙壁成长的声响，我粗大的手掌摸过城，在夜晚人们隔门相望
你是河流，你知道这一切

线条被撕开，零乱地掉在路上他们头也不回地走了

1984.6~9

（三）北方

1. 圣地

我爬上岸

黑压压鸟群惊起，无处藏身

飞遍了

我的影子移动着，压住冰川

划过一道深深的水流

微弱的呼吸是音乐

割开溶洞，让我孤单地住在里面

我爬上岸

砸碎第一块石头

草原、狼、累累白果树

和我的双膝

磨穿寂静的森林

莽野如梭

峡谷洞穿眼眶

取一丛火

我披发横行于兽骨溶溶

年轻的排着种子和钟的手掌

在雾中除了农具

谁也不认识
磨烂了
分出十指
峡谷和火堆洞穿你们发黑的眼眶
断岩层留下雷击的光芒
不断向以后开放
土陶吞下大鸟
吞下无边弧形的河床
地震把我的骨头唱断
唱断一节又一节

一层水使我沉默多年
阡陌上
人们如歌如泣
人们撒下泥土
人们凿井而饮
狠狠地在我身上抠了几只眼
让你痛苦地醒来
号子如涌
九歌如兽
悚悚行走在战栗的地层上
村庄围住月亮
和我陷得太深的瞳孔
枝杈哑笑了
日子像残红的果实撒了一地

未来沉下去只有文字痴长
太阳痴长
于是更多了背叛和遗忘

为什么一个人总有一条通往地下再不回头的路
为什么一支旧歌总守望故土落日捆住的地方

2. 过去

在我醒来之前
一块巨大的石碑盖住喉咙
鲜血和最后一口空气
只好在心房里自己烂掉
脸颊
垒满石头
河流和月光溶解了头颅
我再也没有醒来
只有牙齿
种子
有节奏地摩擦、仇恨
含泪大雁
背后是埋剑的山岭
山岭背后是三月
畦地的孩子们
要求自自然然地生长

每颗种子都是一座东方建筑
我要砸开他们的门
我要理出清澈如梦的河流，黑松林和麦垄
山岭，三月五月的燕麦
倚剑而立

祭酒
指天饮日
几十棵树长出了人形
是我在水的源头守护着你们

3. 想起你的时候

想起你的时候

4. 种子

我痉挛
犁是我一张渴血的触觉
痉挛
子孙们肩膀痛苦的撕裂
我被肢解、刀击
铁和血肉
横飞于四面八方

种子爆然而去
粗暴地刺破我的头盖
血流如注的眼睛更加明亮

土地紧张地繁殖土地

让血糊糊的盾
被大把大把盐粒擦亮
挡住北方
挡住兽皮的风暴
让种子装灌头颅
捆在肩膀上
让赤铁矿流过粗宽毛糙的颜面
让红种兄弟离开我们
离开一根永恒的石柱
一根生锈的石柱
让渐渐远去的亚细亚埋在芨芨草里
萎缩
让我就在这时醒来
一手握着刀子
一手握着玉米

亚细亚的玉米啊

5. 爱

一把树叶文字贴在石头洞里
贴在我们泄情的脸上
一头野鹿填平湖湾
一把弓
一把粗草绳拦住一条边疆
你
就是我的妻子
耳环
洞箫 10 孔
套住血水泡硬的心
粗麻绳拦住另一条边疆
我捧着种子
走在自己的根脉上
延长——延长——延长——
延长——延长——延长——延长——

隔着蒺藜的妇人　情爱如炽
于是人类委身于种子
于是先知委身于大地
于是渔夫委身于海岸
更多的人仅仅是在谈论
隔夜的歌曲
手臂静止地垂下

摘果子的时辰尚早

想起你的时候
就想起夜半的野百合
一枝晃摇着节奏的野百合
想起远方嫁给岩石的海鸟
想起河神有几只鞋跑丢在太长的大陆
跑丢在人群里
想起丝绸仅仅成为东方母亲的蒙面
我便是诗人
行吟
马蹄踏踏，青草掩面
牧羊老人击栅栏而泣
枫叶垂望墓地
只有火光在鼓面上越烧
越寂寞
不该死的就不会死去
平原
爬满了花朵和青蛙化石

6. 歌手

编钟如砾
编钟
如砾

仿佛儿子拖回一捆捆粗硕的鱼骨和岸
仿佛女儿含海的螺号　在夜里神秘地发芽
陆地上伸出了碧清的河汊
歌声
就是你们身上刚刚抽出的枝条

歌手红布袍
如火
几名兄弟含泪相托
编钟如砾

编钟如砾
在黄河畔我们坐下
伐木丁丁，大漠明驼，想起了长安月亮
人们说
那儿浸湿了歌声

1984.5

传说

——献给中国大地上为史诗而努力的人们

一、老人们

白日落西海

——李白

黄昏，盆地漏出的箫声
在老人的衣袂上
寻找一块岸

向你告别

我们是残剩下的
是从白天挑选出的
为了证明夜晚确实存在
而聚集着
白花和松叶纷纷搭在胳膊上
再喝一口水
脚下紫色的野草就要长起
在我们的脖子间温驯地长起
群山滑过我们的额头

一条陈旧的山冈
深不可测
传说有一次传说我们很快就会回来
脚趾死死抠住红泥
头抵着树林
为了在秋天和冬天让人回忆
为了女儿的暗喜
为了黎明寂寞而痛楚
那么多夜晚被纳入我们的心

我不需要暗绿的牙齿
我不是月亮
我不在草原上独吞狼群
老人的叫声
弥漫原野

活着的时候
我长着一头含蓄的头发
烟叶是干旱
月光是水
轮流度过漫漫长夜
村庄啊，我悲欢离合的小河
现在我要睡了，睡了
把你们的墓地和膝盖给我
那些喂养我的黏土

在我的脸上开满了花朵

再一次向你告别
发现那么多布满原野的小斑
秦岭上的大风和茅草
趴在老人的脊背上
我终于没能弄清
肉体是一个谜

向你告别
没有一只鸟划破坟村的波浪
没有一场舞蹈能完成顿悟
太阳总不肯原谅我们
日子总不肯原谅我们
墙壁赶在复活之前解释一切
中国的负重的牛
就这样留下记忆
向你告别
到一个背风的地方
去和沉默者交谈
请你把手伸进我的眼睛里
摸出青铜和小麦
兵马俑说出很久以前的密语

悔恨的手指将逐渐停留
在老人们死去之后
在孩子们幸福之前
仅仅剩下我一只头颅，劳动和流泪
支撑着
而阳光和雨水在西斜中像许多晾在田野上的衣裳
被无数人穿过
只有我依旧

向你告别
我在沙里
为自己和未来的昆虫寻找文字
寻找另一种可以飞翔的食物
而黄土，黄土奋力埋尽了你们，长河落日
把你们的手伸给我
后来张开的嘴
用你们乌黑的种子填入
谷仓立在田野上
不需要抬头
手伸出就结了叶子
甚至不需要告别
不需要埋葬

老人啊，你们依然活着

要继续活下去

一枝总要落下的花

向下扎

两枝就会延伸为根

二、民间歌谣

行到水穷处，

坐看云起时。

——王维

平原上的植物是三尺长的传说
果实滚到
大喜大悲
那秦腔，那唢呐
像谷地里乍起的风
想起了从前……
　　人间的道理
　　父母的道理
使我们无端地想哭
月亮与我们空洞地神交
太阳长久地熏黑额壁
女人和孩子伸出的手
都是歌谣，民间歌谣啊
十支难忍的神箭
在袖口下
平静地长成
没有一位牧人不在夜晚瘦成孤单的树
没有一支解脱的歌

聚集在木头上的人们
突然撤向大平原
像谷地里　乍起的风

茑与女萝
平静地中断情爱
马兰花没有在婚礼上实现
歌手再次离开我们
孤独地成为
人间最深处
秘密的饮者，幸福的饮者
穷尽了一切
聚集在笛孔上的人群
突然撤向大平原
稻米之炊
忍住我的泪水

秦腔啊，你是唯一一只哺育我的乳头
秦腔啊是我的血缘　哭
哭从来都是直接的
只只唢呐
在雪地上久别未归
被当成紫红的果实
在牛车与亲人中
悄悄传进城里

我是千根火脉
我是一堆陶工
梦见黑杯、牧草、庙宇
梦见红酋和精角的公牛
　　千年万年
是我为你们无休止地梦见
　　黄水
破门而入

编钟，闪过密林的船桅
又一次
我把众人撞沉在永恒之河中

我们倒向炕头
老奶奶那支悠长的歌谣
扯起来了
昊天啊、黄鸟啊、谷乔啊
扯起来了
泡在古老的油里
根是一盏最黑最亮的灯
我坐着
坐在自己简朴的愿望里
喝水的动作
唱歌的动作
在移动和传播中逐渐神圣

成为永不叙说的业绩

穷人轮流替我抚养儿女

石匠们沿着河岸

立起洞窟

一尊尊幸福的真身哪

我们同住在民间的天空下

歌谣在天空下

三、平常人诞生的故乡

天长地久

——老子

隐隐约约出现了平常人诞生的故乡
北方的七座山上
有我们的墓画和自尊心
农业只有胜利
战争只有失败
为了认识
为了和陌生人跳舞
隐隐约约出现了平常人诞生的故乡
啊，城
南岸的那些城
饥荒，日蚀，异人
一次次把你的面孔照亮
化石一次次把你掩埋
你在自己的手掌上
城门上
刻满一对双生子的故事
隐隐约约出现了平常人诞生的故乡
小羊一只又一只
在你巨大的覆盖下长眠

夜晚无可挽回的清澈
荆棘反复使我迷失方向
乌鸦再没有飞去
太阳再没有飞去
一个静止的手势
在古老的房子内搁浅
啊，我们属于秋天，秋天
只有走向一场严冬
才能康复
隐隐约约出现了平常人诞生的故乡
我想起在乡下和母亲一起过着的日子
野菜是第一阵春天的颤抖
踏着碎瓷
人们走向越来越坦然的谈话
兄弟们在我来临的道路上成婚
一麻布口袋种子
抬到了墙角
望望西边
森林是雨水的演奏者
太阳是高大的民间老人
隐隐约约出现了平常人诞生的故乡
空谷里
一匹响鼻的白驹
暂时还没有被群山承认
有人骑鹤奔野山林而去

只有小小的堤坝
在门前拦住
清澈的目光
在头顶上变成浮云飘荡
让人们含泪思念
拊掌观看
隐隐约约出现了平常人诞生的故乡
那是叔叔和弟弟的故乡
是妻子和妹妹的故乡
土地折磨着一些黑头发的孤岛
扑不起来
大雁栖处
草籽粘血
高岸为谷，深谷为陵
四匹骆驼
在沙漠中
苦苦支撑着四个方向
他们死死不肯原谅我们
上路去，上路去
群峰葬着温暖的雨云
隐隐约约出现了平常人诞生的故乡

四、沉思的中国门

静而圣

动而王

——庄子

青麒麟放出白光

一个夜晚放出白光

梧桐栖凤

今天生出三只连体动物

在天之翅

在水之灵

在地之根

神思，沉思，神思

因此我陷入更深的东方

兄弟们依次狰狞或慈祥

一只红鞋

经菩萨穿上

合掌

有一道穿透石英的强光

她安详的虹彩

自然之莲

土地，句子，遍地的生命

和苦难

赶着我们
走向云朵和南方的沉默

井壁闪过寒光的宝塔
软体的生命
美丽的爬行
盛夏中原就这么过了
没有任何冒险
庄稼比汉唐陷入更深的沉思
不知是谁
把我们命名为淡忘的人
我们却把他永久地挂在心上
在困苦中
和困苦保持一段距离

我们沉思
我们始终用头发抓紧水分和泥
一个想法就是一个肉胎
没有更多的民间故事
远方的城塌了
我们把儿子们送来
然后沿着运河拉纤回去
载舟覆舟
他们说

我们在心上铸造了铜鼎
我们造成了一次永久的失误

家是在微笑时分
墙
挡住无数的文字和昆虫
灯和泥浆
一直在渴望澄清
他从印度背来经书
九层天空下
大佛泥胎的手
突然穿过冬天
在晨光登临的小径上漫步
忏悔
出其不意地惊醒众人
也埋葬了众人
中国人的沉思是另一扇门
父亲身边走着做梦的小庄子
窗口和野鹤
是天空的两个守门人
中国人不习惯灯火
夜晚我用呼吸
点燃星辰
中国的山上没有矿苗
只有诗僧和一泓又一泓清泉

北方的木屋外
只有松树和梅
人们在沙地上互相问好
在种植时
按响断碑流星
和过去的人们打一个照面
最后在河面上
留下笔墨
一只只太史公的黑色鱼游动着
啊，记住，未来请记住
排天的浊浪是我们唯一的根基

啊，沉思，神思
山川悠悠
道长长
云远远
高原滑向边疆
如我明澈的爱人
在歌唱
其实是沉默
沉默打在嘴唇上
明年长出更多的沉默

我们抚摸自己头颅的手为什么要抬得那么高？

你们的灶火为什么总是烧得那么热？

粮食为什么流泪？河流为什么是脚印？

屋梁为什么没有架起？凝视为什么永恒？

五、复活之一：河水初次带来的孩子

有客有客

——《周颂》

我们穿着种子的衣裳到处流浪
我们没有找到可以依附的三角洲
树和冥想的孩子
分别固定在河流的两边
他们没有拥抱
没有产生带血的嘴唇
他们不去碰道路
夜行者
走过遍地遗弃的爱情
手抚碑文，愤怒，平静，脑袋里满是水的声音

一条黑色的男性
曾经做过许诺
人是圣地的树
充满最初的啁啾
一些红色的肢体在暴雨中贫困地落下
一盏灯在暗洞里掏出自己的内脏
一头故乡神秘的白牛
消失在原野的尽头

我们将找到可以依附的三角洲

踏在绿岸上的少女
洗完了衣服，割完了麦子
走进芦花丛
今夜
有三个老人
同时观看北斗
第六天是节日
第六天是爱情之日
母亲生我在乡下的沟地里
黑惨惨的泥土
一面瞅着我的来临
一面忧伤地想起从前的人们
那些生活在黑暗的岸上的人们
而以后是一次又一次血孕
水中之舞，红鳞和鳃，生活的神游
水天鹅在湖沼上平静地注视

口诀
扯着暗淡的帆
指引着这些河上的摇篮
这些绛红的陌生而健康的婴儿
到达柔曼的胸，吻响的额，接触的牙齿
眼睛的风

忧伤又一次到达
陆地上的琴鸟，又一次到达
我只能和他们一起
又一次回到黄昏
经受整个夜晚
扑倒在猩红阴郁的泥地上
这毕竟是唯一的结果
第一次传说强大得使我们在早晨沉沉睡去
第二次传说将迫使我们在夜晚早早醒来

这是些闯进的宿鸟
这是些永生的黑家伙
老人们摆开双手
想起
自己原来是居住在时间和白云下
淡忘的一笑

更远处是母亲枯干的手
和几千年的孕

早晨在毫无准备时出现

那就让我们来吧
行道迟迟
载渴载饥
啸歌伤怀
载飞载鸣

六、复活之二：黑色的复活

大鸟何鸣

——《天问》

1.

大黑光不是在白天诞生
也不是一堆堆死去的蜡烛头
他们哑笑着熄灭：
熄灭有什么不好

2.

我们收起
照亮那相互面孔的
那沉重的光
呼呼行帆的光，关住心门的光
绳索垂下来
群山沉积着
草原从远方的缺口涌入
有一只嘶哑的喉咙
在野地里狂歌
在棉花惨白的笑容里

我遍地爬起
让我们来一个约定
不要问
永不要问
我们的来历和我们的忧伤
不要问那第二次复活
假如我要烧毁一切呢
原谅我，那歌声，那歌声
让我们来一个约定

3.

春天带来了无尽的睡眠
胳膊上晒着潮湿的土地
烧毁云朵
烧毁
我们在黑雨中静静长起
一块巨大的面孔
用雷做成果树
我在莽林中奔跑
撞死无数野兽
失去了双腿
昂头面对月亮
男人躺在大地上
也是一批暗暗的语言

我们走了许多路
才这样沉沉睡去
在我们熟睡之后
女人们
拥到田地里
捋着抽浆的粮食
快活得浑身发抖
　　东方之河
是流泪的母马
荒野冷漠的头颅
不断被亲吻和打湿

4.

戳有金属的脊背
扑倒在丛林中
树
筑地而起
死亡，流浪，爱情
我有三次受难的光辉
月亮的脚印
在湖面上
呕吐出神秘的黑帆
呕吐出大部分生命

石块飞舞，石块飞舞
时间终于落地
山头的石墙上
高高挂起三堆火
钟声中，孩子们确实存在的烙印

北方仓库，墓上有
几只默默的稻粒
石鸟刻着歌曲
墓门有棘
我和斧头坐在今天夜里
日子来了
人的声音
先由植物发出
帆从耳畔擦过
海跟踪而来
大陆注视着自身的暗影
注视着

火

5.

熔岩的歌声到达果园
淹没着

众多的匠人
用火堆做刀
在夜晚的郊外割草
其他的流浪者
像眼睛一样跳开
只有胆小的野花
钻进自己的肚脐
火啊，你是穷人的孩子
穷是一种童贞
大黑光啊，粗壮的少女
为何不露出笑容
代表死亡也代表新生
有钟声阔笑如岸
再不会在人群中平静地活着

火

我不是要苦苦诉说
不是在青春的峡谷中
做出叛徒的姿势
我是心头难受的火啊
是野马群最后的微笑声声
取下面具
我们都是红色线条
兄弟们指着彼此：

诞生

诞生多么美好

谁能说出

火不比我们再快地到达圆周之岸

谁能说出黑腥的血是我们又一次不祥的开放

只有黑土承认

承认他们唯一的名字，受难的名字

秘密的名字

黑土就是我们自己

走完五千年的浅水

空地上

黑色的人正在燃烧

火

我继承黄土

我咽下黑灰

我吐出玉米

有火

屈原就能遮住月亮

柴堆下叫嚣的

火　火　火

只有灰，只有火，只有灰

一层母亲

一层灰

一层火

1984.12

但是水、水

翻动诗经

我手指如刀

一下一下

砍伤我自己

卡内克这样对他说：

“雨下得很大，还得下一场；因为这是贾亚雨。贾亚不是本地人，而是东方人。”

埃尔米罗·阿夫雷乌·戈麦斯

第一篇　遗址（三幕诗剧）

第一幕

（背景是完全干涸的大河，四位老人像树根一样坐着）

诗人

汗水浸湿了我的手……我的手

浸湿了他们的额

他们瘦黑的脸、胳膊

他们泥污的衣裳

他们曾经繁殖的大腿

等待他们的是一个夏季……没有风
我的手仿佛握住了他们
就像握着一截又一截木头

秦俑的声音

但我早已到达，在悲惨的船歌中
航行，我到达了

诗人

他们的汗水又更多地溢下来
炎热的夜晚歌手如云……令人费解
他们脱下布鞋，把脚浸进假想的河水
他们手摩头顶，若有所思
他们从早到晚就这样坐着
他们黝黑的肋条骨在河岸的黄昏中一闪一闪地放着光
他们撩着假想的河水互相擦洗着身子

秦俑的声音

但我早已到达。月亮之中
前后的事情一样。前后的声音一样

诗人

不一样。声音

不一样

先是孤独的牧羊人的声音

嘴唇干裂的声音

接着是秦岭风雷声

接着是祁连山的风雷声

……沉闷的船的腔体的声音

……盾牌上的雨水声流回声

……流萤撞夜的声音接响的声音

雨打人类的声音。玉米地和荆棘地的枪声

雪花和乳房的声音。虫子的声音。玉米叶子的声音

秦俑的声音

但我早已到达。干旱如土

一直埋到脖颈……一直埋到头顶

诗人

他们还在流汗……生命的痛苦

还在继续。窑洞里仍有女人的呻吟

月亮之中传出一只孤独的野兽的叫唤

那是太阳的叫唤

但是没有声音

痛苦就在于没有声音……没有声音

秦俑的声音

我就是没有声音地被埋下……多少年了
母羊仍然没来

诗人

母羊？

秦俑的声音

就是水呀。就是那些老人的眼神
水是唯一的
没有声音的痛苦都是一样的
就像八月只有一种清风
痛苦流向四面八方
只不过又回到了早就居住过的地方。我到达了
只只头颅土地之下如水相倾……不是泪水
更不是解冻时的泪水
……又绿了
树的手
我只好在骊山下越埋越深

诗人（仍是疑惑）

母羊？

秦俑的声音

对，母羊。再也不会来了
死亡如陶。完满的存放
天空是我部分的肢体和梦
天空穿上了死者的衣裳
再也不会来了——母羊
埋葬了河流的许多陌生人来来往往
再也不会来了，母羊
多么使人安心的埋葬呀，一切都由青草代表
黄花前后爱情一样
落入田野
诚实的太阳猫腰走过许多野兽的脊背
我们的姓氏像灰尘一样落入田野

诗人

可是有了星辰。星和火星。北方虚星
有了四个方向，脚就得让自己
迈开呀……
有了树林在我肉体周围
肉体就得抖动呀
而且还有血液……比骨头更古老的血液

秦俑的声音

也许你是对的

但是骨头，白色的花。纤弱的花
花儿苍白而安详
多么使人安心的埋葬呀！
一种白色的动物沉睡在土层中，或许那是
亘古不变
惨白，那是因为我们生活过
而且相爱，写过歌颂平原的诗篇又倒在平原上
情人般缄默
那是因为它就叫骨头
不分昼夜
听见死去的河流如鸟飞离
头顶。母羊，再也不会来了

诗人

但是会有青草
有鸟粪……还有爱人的乳房……还有唱歌的木头
——手指、大腿、嘴唇
……还有亮如灿星的美人、有下山的太阳
有野兽花朵，有诗人……有棺材板摇篮布
有盲人有先知……有望海的女人
还有第一天
第二天和第三天
第四天有人梦见了我的儿子……妻子果然怀孕
……还有水井

至于母羊，我会选一个日子
牵它而来，望东而去
高原两边分开……

第二幕

（背景很深很远。南方的大河边。采药的群巫在周围险峰上时隐时现。传来歌声的时候正是中午。）

领：红色的渔舟子
响起在中午
响起在中午的是太阳
合：太阳
领：白色的鱼身子
高悬在晚上
高悬在晚上的是月亮
合：月亮
领：屈子呀，一个男人
合：一个男人
领：屈子呀
汨罗汨罗的藻草缠身哪
屈子呀
合：一个男人
领：他轻轻走上岸去
一身白衣裳呀

合：一个男人！

领：轻轻扣舷，他出现哪

水上水下，他出现哪

合：一个男人，一个男人！

领：鱼哭于前哟鱼哭于后噢龙护于尾

合：一个男人！（停顿，又猛烈爆发）

一个男人！

第三幕

（灯光大亮。诗人像华表一样立着，侧身，独白。老人们似石匠在打井，仍如树根。诗人手牵母羊，背景中似有雨水声，时断时续）

我从荒野里回来，从所有粗糙的手指上回来，从女人的腹中哭着回来，从我的遗址积灰中回来就像从心中回来，手牵母羊回来，眼睛合上如菩提之叶，我从荒野里回来。宝塔证明，城里的水管证明，我

我不想唱歌

我没有带来种子，没有带来泥土、牛和犁，没有带来光和第一日之火。没有带来文字。我从荒野里回来，我

只想着一件事：水，水……第三日之水

我就是一潭高大的水，立在这里，立着这里

我的衣服如蛇凸起，人们说：莲花开了

是的，莲花开了。当然莲花还没开时我就被众人楼在怀

里……从歌曲里
从那些不动声色的石匠手上回来。我想了又想：
一切都会平安。我从荒野里回来，我只在夜里重复东方的事
情
做这些简单的事。需要雨水
不能多也不能少
需要月亮和身体，需要理解，也需要孤独
我在晚上想起妻子，想起在包谷地刨土的儿女
想了又想。在东方，诞生、滋润和抚养是唯一的事情

石匠们的掌像嘴唇
土地上
诗人
喃喃自语
抽打的雪花溢于河岸。河流改道复在
野花如河漂走了情人
雨水和诗人送她回来
我也从荒野里回来，没有带来种子，没有带来阳光
我在夜里想了又想
期待倾盆大雨，期待女人生下儿子
诞生了就不会消失，我从荒野里回来，血液比骨头更长久
虽然不开花，我比时间
还长久……我的身上有龙
落入荒野肢体愈加丰满。我从雨年回来，或者
从干旱的荒野里回来

只记得歌中唱道：

石匠们手像嘴唇

（诗人踉跄着走下。老人像儿童一样跃入夕光。远远传来婴儿的啼哭声。雨水声像神乐充满最后的台面和幕布上。

观众的面孔像酒杯，微微摇晃。）

第二篇　鱼生人[1]

水……洪水前后

1. 洪水

大雨浇灭太阳
外逃的船只
如口紧闭
两人默默守火
没有风儿吹过脑袋
黄钟一样向后仰着
没有声音
一枝长木
横陈于河湾上
亲人们三声两声
死去之前
远方的痛苦呼唤鸟喙
啄痛肌肤
黄土下沉
人烟聚水而卧

图腾或男人的孤独

1. 土葬鱼纹

栗树和罗望子
大戟树北方榆呀
埋下我吧
今夜四点钟就地埋下
不要惊醒众多的人
请埋下我吧

一碗酒。一把米
杜鹃自然会遍地开放

黄土旱地呀
快用你沉默的身子
来珍藏我
在夜间四点钟左右
解开扣子

[1] 本篇每页排两栏，排版形式奇特，为海子本意。

黄土水中望鱼
下雨也是三年五载
隔着水
一生中脑袋摆鱼、摆鱼
并不响
传来逃亡的消息、远远
又寂寞鱼儿如我
仿佛人间离我而去
仿佛人间距离我一生
寄托我一生
鱼……　……鱼
人的叫唤从鱼口吐出
大雨浇灭太阳
众人散失四方，探进水中
黑色并不幽暗
白色并不贞洁
红色并不燃烧
树林
假假地流过
吃尽浊泥的人
把一切
挡在面孔外面
沉了太阳，沉了灰烬
默默的水一流万里
转回故乡之前
把我就地掩埋
埋在你们的肉体中

用你们的母亲
珍藏我
用你们的父亲
用男人，钟和孤独
用亲吻，女人和船
我住进许多永恒的
肉体、黑暗的肉体

东方
在你们的身体中

一位
硕大无朋的东西
围着他自己旋转
或许叫昆仑。
第三纪以后
他一直沉默。

2. 人

我的头颅
戳破天空
我的肩膀上只剩下一只血洞

流走了一些东西
我们怅然若失
另一些洪水之夜
我们似有所得
女人和我
寂寞地说着。
种子搁在床头柜上

……水骤然中止

死去的人民如初醒的
阳光遍地，依然新鲜
欢悦而痛苦
遍地阳光哭着
在水面上嘤嘤
嘤嘤：
地面上孤岛如人
含水而寂寞
惆怅的苦乔花开遍了
惆怅的苦乔花开过了
地深处
我骨头难忍酸痛
地面上人民就说：
让阳光遍地、流动金子

一只洞
放着华云
一路上血光四起
我的头颅
世世代代滚动
血肉模糊地
葬在天外
只剩下我，昆仑，
这无首之身躯
孤独地立着
所得见天上地下
一片钉棺材的
声音

东方滚滚而来

霞光如血，奔涌而出
一颗颗星星对面死去
又朴素
又仇恨
无边无际地敲打天穹
……母亲
母亲痛苦抽搐的腹部
终于裂开
裂开：

2. 船棺

这是木头。这是乳房
这是月亮。这是祖先
安排的洞窟
血迹上
胳膊像树枝折断
胳膊
一声脆响
起航之前的山峦
洞深人更深

这是木头，母亲为它
葬送了儿子
父亲葬送了自己
眼泪浅浅
这是乳房。这是月亮
携野兽逃出洪水
逃不出歌曲
这是祖先安排的洞窟
我追着自己
进了洞进了歌曲
没有了言辞
我带着形体和伤口
永久逸入子孙的行列

黄河呀惨烈的河

东方滚滚而来

岁月如兽，月亮血盾
跳进我的断颈
又长出一个太阳
裸露着、反抗着、扭动着
青铜青铜
一排排活泼辛酸的
少女
血胞分割
带来我最初的性命

东方滚滚而来

哭醒了
悠悠的一地婴儿
血肉
血肉之谷
来了分天割地的一条河
黄河呀惨烈的河
我

胳膊断了
夜色在树上放飞了鸟儿
血迹殷红。胳膊
一声脆响
洞深处野兽独自想着
阳光下自己金黄的毛
环猎人而舞

洞越来越深

我们最初的种子
揉进。洪水中
一只腿在洞外反射月光
后来积雪中
出现了独腿人
清澈寂寞的足迹
我们最初的情人
同洪水一起退去
自然的太阳流遍
我们最初的眼睛
渴死在图画上
一只只狼围在夏天
太阳。流着血污
船在火焰中
像木柴又脆又亮

昆仑
在最初的温饱中
围着火苗和积尘
东方的肚脐跳动

黄河呀惨烈的河

活了
我活了
我的呼吸；大地和沼泽
有千万头艰难的穴熊跳跃
我的呼吸：无数条恐龙
围着我腰间狂舞
成绳索层层
我的呼吸黑暗如壁
我的呼吸河流如肠
无数种子和音乐
在夜里自己哭醒
我双眼筑庙
我双手劫火
我双耳悬钟
活了
我在自己的肩膀上
举首为日，弯骨成弓
东方滚滚而来

烧完我们最初的生命
水……水
这是木头。这是乳房
吮着它就像吮着
自己的血浆

淹没了
这一片血光中的高原

黄河呀惨烈的河　黄河呀惨烈的河

3. 东方男人，边说边选择新的居住地

洞内耳语：
到河岸的台地上去居住
各条小路上
儿童的话
全被泪水淹没

唯有事事艰难

肮脏的大地
肮脏
而美丽
哪怕到平原上
　　说说心思也好
仿佛小钟丁当声
一下一下
流进我的耳朵

脖子上的绳索拉着村庄
“靠——近——大——河”
平原
倒地如情人

黄水晃眼
黄水遮泪
半坡，半坡
盛满亏盈的月亮
众人倾倒的月亮
脖子上的绳索拉着村庄
狼血涂草如花开放
我轻轻的痛苦
流过
如河的胸脯
平原上

哪怕只对一人说说心思也好
哪怕只对自己说说心思也好

平原上
我的声音流入我的耳朵

孩子们的幸福
极其简单

虫鸣美丽，拉扯你们
一个季节又一个季节
少女的骄傲只为骄傲
幸福本不在别的地方

我睡地为家
我大步走向四方
踏死去的象群
就如登上白色的床榻
我左边
女娲拖雨泥双膝跳来跳去
靠近了大河
黄水晃眼
靠近了大河
黄水遮泪

哪怕到平原上说说心思也好

就是我
领了你
赤脚拍泥一路走过去

不会言辞的
我的女人
种下红高粱

哪怕只对一人说说心思也好

一只只饥饿的苹果
一片片丰满的嘴唇
悬挂在夜晚
人鱼同眠河流

一代代草缠人脚
一次次不再仰望长空
痛苦的土地有了伴侣
人鱼同眠河流

哪怕只对自己说说心思也好

月亮无风自动
铜镜中

雷入头颅、举面相迎
抓住一把

河流翻动树木脚印
　　如史书

4. 双手来临，两条河流

双手如骨
一动不动

翅膀像黑色的风
不能分担别人的痛苦
我很早就梦见
　　双　　手
把我引向河岸
原野仅仅被风吹过
头颅一晒就黑
双手双手
沾满伏羲的爱情

双手静静降临

平原前后

孤独的夜晚
洞内洞外
双手相伴而行

　　血、血
竟是体外的河流
我的声音流入我的耳朵
听见越来越近的历史
青铜……亲人中
零星的接吻
武器在肢体周围
隐约出现。胸前一朵红花
黄水晃眼，黄水遮泪
善良的人们如同日子
面对青蛙死在泉边

但我的手指没有
碰过女孩的骨灰
没有。我的手指
遍地掘水时意外地折断
这十只孤独的动物
伴我的琴瑟
……女孩的瓮

流过我胸脯之水
半坡之水
轻轻痛苦之水
让田野合当宁静

似大鸟落入近处河水
搅动，不出一点声息
双手在洞里久久徘徊
久久不愿告别
粗糙的主人
不愿告别火种
我于额上举了双手
便枯萎了太阳

太阳拥了红色野花
离我双手而去
十指
指夜为夜

田野合当宁静
鱼的骨骼
……伸入掌内如婴儿
选择了不会腐烂的
　　泥　　土
烧成陶器。从早到晚
带来死亡和水的
消息
女人的右肩上
出现了月亮
……故乡
就这样降临
他俩身上
在许多夜里陆续完成

大约在第三天……或者第二十个世纪
死去的山洞或村庄在我的深处开满了野花
绳索如音乐散开　　絮语：靠近大河
　靠——近——大——河
至今故乡仍生长在黎明或傍晚，有时停止生长。
至今故乡仍远在高原南边或东边的河滩上生长。
至今故乡仍在有水的地方生长。
在苦难的枝叶间生长
　　　　　　……直到他们的额头
被墓地的露珠打湿，直到神秘之水

把我推上岸，成为胡言乱语的诗人

……直到他们被自己

震动，故乡

就降临在他们身上。手指抓住姓氏、肉体水土

世界像起了大火

世界

随我双手而动

最初时刻

在兽群之山垒定石头

立了时辰

双手相伴行过天空

四个季节在掌上

聚拢

那些苍鹰如零乱之草

沾上手指

开了红灼的花

你轻轻地摘去他们

摘下他们

你轻轻地创造就像

你轻轻的痛苦：

世界随我双手而动

夜晚是果实高悬

我双手还水于你

4. 养育东方，两条河流

我有了养育的愿望

你们的母亲

那两只饱满的月亮

被风鼓起

水……水

我有了养育的愿望

这样，我的心脏

和一连串的子孙

在五千年中跳动

因缘如蝗牵起

头发蔓藤悠悠

彩陶环舞彩陶环舞

一条城墙不足以

表达我

我请求：

你

孵育出两条河流

我双手还愿
抱树而站
头顶坐满夜雨如鸟
孕月而睡
胎胞在鼓面上
悄悄思念
河流悄悄思念
长望当路
人的故乡快到了
足迹拥前拥后的半坡
箫声左右亲吻的半坡
东方快到了
群山游动如雷
野花如电
我的双手悬空为雨

天开于我手
地合于我心

半块月亮
离开了山顶洞
我们沿河牧马而来
　　双手
双手沾满相互的爱情
我们埋了道路

……两条河流

男人的火隐隐约约
烧在门前和心里
去吧，孩子，
时辰到了
生儿子的人
要走了
只是在西边，我
苍老的父亲
静静面对着
东边求雨的亲人
只是我远远望见
生活简朴的人们
不止一次地
来到河边

她俩渐渐隐入夜晚
身躯里
太多的鱼
游动，形成曲线

河边只剩下她们的水罐
三只水罐

建了村庄
一只粗笨的陶碗
收养了我们

种子驶向远远的
手心
播种之灰
如早霞初升

双手相伴而行
沿着陶罐
河流：女性的痛苦
一代代流过我手
如清风吹入大地
再次流进嘴唇
嘴唇伸展如树叶
让你的丈夫饥饿
让你去河边
玉米地里
掰玉米

双手如祈
双手如水
双手比钟声比夜晚
更漆黑

三只存放乳汁的月亮
埋进玉米地
像三头母牛
埋在我胸口
她们饲养了
　　我老年的心
和小心翼翼的日子
……当然
父亲也是被母亲
灌溉和淹没过的
闪电炸开，莽云四合
东方在积雪雷击中
变得又宽又广
一万里梳头的飞天
长袖结出果实
于是无数女人和鱼
消失在我
诞生的地方
雨雪敲击，雨雪敲击
无数白鲸
拖着石油
游进我的血管
雨水从我年代悠悠的
伤痕上
冲洗出乌黑的煤块

传到原野上
双手随原野起伏
双手游动如血：
壁画上
如血的灯两盏
你最终寂寞
但不会熄灭

你要照看好
一代代寂寞的心
和……水
我们原来就这样
熟悉呀，双手
双手建筑了我们自己：
人
人是多么纯洁

双手静静降临

我的呼吸
把最初的人们
带入大海

她俩渐渐隐入夜晚

河流源源
关闭了
东方
所有的心
守着水井
相爱吮吸
东方的两边永远
需要黑夜
东方是我远远的关怀
淘米，淘米
而东方，在月亮
照过之后

又蒙上了灰尘
一共有两个人梦到了我：河流
洪水变成女人痛苦的双手，河流
男人的孤独变成爱情。和生育的女儿

第三篇　旧河道

本是一股水。分头驶往东方和南方。嘴唇
干裂的秦岭，痛苦贫困的母亲
使我在森林中行走如风。母亲和父亲落难在远方的平原
就是那灾难带来了水……乃至鼻息……水……使我在婚礼
上站立不稳
……母亲呀先是干旱
接着就有了水

我走过土地：心上人黄色的裙子
在落日下燃烧

芷楫荷盖
女人
……是所有的痕迹
……就让她们每个乳名都是我藏身的地方
每一条细腿和支流
靠近我的心脏，靠近干旱中的小板凳，靠近高原上
住满儿童的窑洞，靠近十三经二十四史
就让我就这样寂寞地升上天空，水草和幽蓝鱼骨的天空
雪水的天空，鸟骸上绑满了雷电和龙女
龙女就像住在河边的女孩子，有人高声呼唤着
她们的乳名……旧河道呀黄水通天河呀扬子江……

云朵呀云朵……她们痛苦地降下就是这块平原的秘密
她们的每一个乳名都是我藏身的地方，致命的地方
是我夜夜思念的远方……而远方的水罐
排成一列
我仿佛就这样痛苦地升上了天空
在蔓草之间
在墓砖上
她们停止了，出乎意料地停止了美丽的脚步

这时丝绸正在远方挥舞着阳光、汗水、不同肤色和声音
这时沙漠结满了宫殿一样的洞窟，窟中飞翔着女人
这时粮食车马向西北像河流一样在我们前边出发
这时我盛大的太阳正在四方中央的天国徐徐上升
有人高声作诗……声闻百里……大地拥挤膨胀于心
他在船头或山上莫名地失踪，留下了一百首歌颂月亮的诗篇
当然更多的人是在痛苦的心上生活，生活是艰难的
这时我拱手前行……盛唐之水呀，四下的黑暗是你的方向
河畔我随乐器走向南方；女人徐徐行进，手执杯盏
……突然止步！
是那太阳，他们的心脏
摔在沙漠里
是那太阳，他们的手掌
不再朝上一片片晒死在原野上
是那太阳，他们的眼睛
制成等水的陶碗

是那太阳自然的红狼合于大笑之火
是那太阳烧焦的平原挂上寺庙壁画
是那太阳，字迹模糊不清的太阳
和着蝗虫的音乐
渴望中
不知不觉进入我抽搐的身体
两片嘴唇打扑在土地上
把我折成男子
孤独而粗糙，如同出海后
放弃了摇篮和诗歌
但是获得了盐，细碎而苦涩的骨头
……是那太阳推动苦难的肩头，群栖众多民族
我磨难已成遍地痛苦……如同全部的陆地
石头垒心，独木舟出海船弃在暗处
再次长成环绕沙漠的森林。马群冲向铜鼓
另一些手在黑暗之中传递……
是那太阳将种种痛苦
一一诉说

……水噢蓝的水
从此我用龟与蛇重建我神秘的内心，神秘的北方的生命
从此我用青蛙愚鲁的双目来重建我的命运，质朴的生存
从此天空死于野草，长龙陷入花纹，帝王毁于水波
从此在河岸上，一切搭起如处女再次来临
从此我日复一日伏在情人的身上瞭望大地如不动水

……不祥之水……流入眼睛。从此水流毫无消息
只有相亲相爱的低语
　　“度过艰难时刻”……老人重建歌曲。儿童不再生长
地平线上鹿群去而不回。阳光又痒又疼
从此水流毫无消息……就让他们一直埋头喝水
一直喝到夕阳西下。
便是水、水
抬起头来，看着我……我要让你流过我的身体
让河岸上人类在自己心上死去多少回又重新诞生
让大海永不平静，让大海不停地降临
在她身上……水中的女人如蜻蜓生育的美丽
心上人如母亲……一样寂寞而包含……男人的房屋男人
的孤独……他们一直在不停喝水……但是水
——水
让心上人诞生在
东方旧河道，
一个普通的家庭中……我的唯一的心上人
亲人中只有我对你低声诉说
靠——近——我！给你生命给你嘴唇给你爱情！
亲人中只有你对我如花开放
除了你，谁引起过我这么深厚的爱情
谁引起过我这么深厚的爱情？！
　　除　了　你
谁引起过我这么痛苦的爱情？！

……你是从我心上长出来的，身体已对我开放如花
到此为止，故乡在我身上开始了生长
水流漫过我的身体如同身后的诗歌……他们一直在埋头喝水
喝到女人诞生的时辰
女人把月亮蓝色地移入身躯
河流在夜晚的深处处处传递
一个黄色的种胚体远远腾起，身上的符纹像文字

        出 入 天 空

心上人的名字像痛苦的帆船一样穿过，像嘴唇一样
在祷告时熄灭，在亲吻时重新燃起
像她本人一样万物归一、淹没大地
……啊，流动的女人……
是你让我走向沙滩，双手捏着乳房一样的火焰
走向沙滩

        成群的鱼像水罐一样保存了爱情
        如泣的水面上
        男人如岛，形体凸起，死而复生

  你让我走向沙滩，洪水在我的身体上：

                重新变成洪水

……而大海永不平静。
……从诞生到现在

        只有一步之遥

但是水、水
心上人的爱情
像斧头是森林流血也是我的膝盖流血

像鱼儿是自己流血也是我的鱼叉流血
像生育是你流血也是我流血

但是水、水

蓝色的雪敲打着庙宇般的胴体：梦见了爱情
雷电像咒语一样从胸前滚落：梦见了爱情
无数花朵流泪走进房屋：梦见了爱情
两只膝盖梦见四只膝盖
婚姻梦见爱情，三位女神梦见爱情
莲花——东方的铁莲梦见爱情
……但是水、水……甚至男人们也梦见了真正的
爱情。他们一直在喝水……喝水
我便回到更加古老的河道……女人最初诞生……
古老的星……忘记的业绩……五行……和苦难
夜晚子时大地的子宫和古老的葬具
我便揪住祖先的胡须。问一问他的爱情。
我的双腿在北方的河岸上隐隐溢过，显于
奔跑的巨大母羊之上群羊之上。
木植土。金斫木。火熔金。水熄火。
金生火。土生金。木生土。水生木。
就是那块土地，那块包孕万物的灾难如歌的土地
使我的头顶出现光芒，使我的掌心埋藏火花
照亮了陶器。盛水的不再只是爱情之唇……鱼……
……鼻音……乳名和隐语……以及长口瓶、鱼纹盆、尖底瓶

也有干的河床……渗下去……就像母亲融入卑微的泥土
我抚摸着每一张使我动心的面容。只有你
慢慢从我心中长出。同时
野花也带来了孤独
但是水、水他们一直埋头喝水
太阳带来重复出现的命运。而你从我的心中
慢慢长出，痛苦不堪地长出
从诞生到现在
　　只有一步之遥
但是水、水
相传他是东方诗人
睡在木叶下
梦见爱情就真的获得了爱情……喝水人倒地为水

……估计人们会在春分之前先渡过一条小河，然后靠近
大——河——靠——近——大——河
而我一直如节气对人耳语。孤独的男人的耳语
在水上渐渐地远去……就这样
在水上团聚的日子近了，我在婚礼上站立不稳
土地仍旧灼人……迎人入内，静静合上眼睛
从诞生到现在仅一步之遥……秦岭兀立一片

旧河道，我仿佛就这样痛苦地
升上天空……他们一直在埋头喝水
一直喝到夕阳西下

女人诞生的时辰
前面已有的痕迹，越拓越宽，不动声色，坦白而痛苦
至今故乡仍在四个方向成长，同时艰难地死去
而他们一直在喝水
水
因我而浑浊的
母亲
如鱼落在草上。他们仍在埋头喝水……该死的男人
他们一直在掘水。又喝干了
乳房
挂在秦岭的两边，一切都成了女性，一切都可以再生
水波翻动衣服就像翻动诗经。南方的节日里
失去了一位诗人……瘦削的诗人……脑袋，下沉中的
黑色太阳。我看见
　　水
慢慢淹过我的身体
我看见了不该看见的，我看见了永存的，月亮和河流之龟
两条爬过的痕迹，在我身上醒来，痛裂成文字，伤疤和回忆
又隐隐作痛。至今故乡仍在四个方向生长，向东生长，一路
死去。他们一直在埋头喝水……掘水……毫无消息

当晚霞又一次升起
临河的盆地麦子熟了……我便起身
一路踏过水井……这个该死的男人
爱情让我舍弃了生命和青春

我是那灾难带来了水乃至鼻息带来了前后的六天
众蚁在脚下咬紧阳光
就是那灾难照我一如既往大地一如既往：赤裸渴望而动情
发现我的肩头落满光芒，四方为辉煌的日兽所困
只有女人的头发如麦粒如水草，给我夜里潮湿的安慰
……抬起头来，女人
抬起头来，看着我
怎样射箭……
洞穴之中探出许多　　作响的头颅
……水，使我在婚礼上站立不稳
因为旷野上口唇相占，你我的生辰相互证明
旧河道，太阳与你同样辉煌。我早就驯服了它
我早就是我，是人，是东方人，是我自己
……但窑洞还是离水井甚远历史离水井更远
就让我负鱼而来……人们晾晒旧网……盛水的不再只是
嘴唇，还有河道，改造洪水……人们以我为禹……但我
也曾射过太阳……是我自己……娶过新娘
她本是水边的神，或许同时是水兽
当然很美丽

击石拊石
百兽率舞

根上，坐着太阳，新鲜如胎儿……但是水、水

第四篇　三生万物

1. 女人的诞生

女人诞生在桥下

另一位女婴
破网
诞生在对面的船舱里
祖先之血灌注
声音如渴
在体内行走……哇……哇
便哭了

带来了挖土声，雪花盖地声：女孩的叹息
洪水中房屋倒塌声：婚礼的声音
风翻树叶的声音：新娘的呼吸声
诗朗诵的声音：半夜婴儿的哭声
还有月亮的声音
　　那是女人在男人的注视下
　　梳头的声音

民歌：

母亲寂静
女婴寂静
美人寂静地老去
滋养了河
女人像白色的毛巾一样从天上落下
落在高粱地里

第三位女人
本是一位男人
那是星星出现，形如半月
他在制作陶器的同时制作了肉体
他在制作肉体的同时制作了衣服

遮住自己
就像遮住月亮

日久天长
在男人羞涩而隐秘的
愿望中
我就成了女人

……脊背像白色的花朵
为了强调生命

女人诞生在桥下
女人
是的，女人
首先诞生泥巴
镰刀的收割声中会有女人前来看你
她双乳内含有白色雪花吃草的声音

女人消失
在伐木声中

2. 招魂那天无雨

A：我是水
流浪在
楚国的树上
多余的梦化成蓝色的电和一丛鸟骸
也开始流浪
让源头如尸，尽搁于树
让树撩开头发给我带来乳房的暴雨。根脉相接
让我们撕下皮肤，让我们更像
孤独的人体，睡在木头中，让地深处向上生长的
死亡
故乡
痛苦万分的
经过湘水中的月亮

骨头之中

楚国的歌声四起

我是楚国的歌王

还记得我开口说话的日子吗?

B：记得。痛苦的诗人

是你陪着我——所有的灾难才成为节日

到有水的地方为止

到我俩为止

没有一个人

活下来。而我

只记得你死去的日子……龙舟竞行

只记得一组桃树，早上古老地醒来

我双手摸到你

太阳血染白衣，野花巢于足迹

我只记得你

睡在水流中

那才长久

注视

我

国家似水

被摇醒时一动不动

那么长久

A：好吧。记得我死去的日子

记住我

并不曾向你们许下什么

记住后来的事

尤其要记住过去……打井时撕裂的手指

记住本世纪初的

一场大雪

记住我在黎明中

步伐踉跄

大地飞奔过来伸开双手

并没有接住

我零碎的脚印

……我是水

记住我的第一次死去……神秘的歌王

在墓画上烧得云朵低回

记住我已经死去

芦苇中

我和第二个我

已经死去

死在故乡必经的道路上

记住我并不曾许下什么

B：剩下些身体如木柴

A：记住死亡如门……自由的

堆积尸体

　　像堆积大地

记住木柴只堆在我身上，画满了干涸的家乡河

　　火，尤其使我疼痛，在我身体上

有第一日

第二日和第三日

有三十六弦的乐器。有土鼓如风。有赤乌夹日

也有三寸六分的乐器

和众人不愿诉说的事情，难堪的事情

土地……一米……两米……跟着我

走过了最痛苦的时辰

鼓声锵锵，在我身体上

画满了波浪

鼓成船，槌成橹

我径直走了

记住这一根最大的木柴，苦难和流放的男人

囚于身体和孤独的男人，记住这一身白衣服

包裹的木头

于我的身躯一节一节焦黑

而静默

一节一节惊飞

如黑色燕子

来临河面。记住我的身体是你是妻子

也是儿子。更是门外门内的燕子

尤其是河流

是那么长久的

停止了生长的

骨头：

之后是

断断续续的火焰

只要你们记住了

“那么就取走我的身体吧”

B：是的，我记住了。

诗人，你是一根造水的绳索。

诗人，

你是语言中断的水草。

诗人，你是母羊居留的二十个世纪。

诗人，

你是提水的女人，是红陶黑陶。

我记住了你盛水的器皿

我记住了你嘴唇的位置

我记住了

心的需要

记住要慢慢地放下绳索

一寸一寸，一种向下生长的

生

渴望已久的水、诗歌和恋人的身躯

就在下面

平静地躺着
她的乳房温热流动成波浪
是的，我记住了
在你的面前
先要记住故乡……让两边的耳朵伸向海洋
时远时近的涛声如异乡的动物
让月亮如寂静的时间
从面孔中间穿过
打开两口深井

A：众人会又一次寂静地苏醒在井边
……少年人肩头薄如刀片，在大河中浸洗
说不清太阳是升起还是永久落下……霞光如血
招魂的这天无雨。

3. 八月（或金铜仙人辞汉歌）

八月是忧患的日子
夜晚如马把我埋没。流水的声音。钟鼓的
声音。又坐在空空的早晨，除了潮湿的苔藓
我一无所有
八月是痛苦的日子
画栏如树把我生长。流水的香气，宫殿的
香气。又坐在空空的早晨，除了八月的土地
我一无所有

陌生的官牵我走向千里以外
函谷吹来的凄风一直射向我青铜仙人的眸子

八月是忧患的日子
汉月与我一道
寂寞地离开古老地方
一路没有言语
思念旧君的清泪如铅水一样滴落
一路没有言语

咸阳道上为我送行的只有败兰一枝。

八月是痛苦的日子
我
金铜仙人
独自携带
自己和承露盘
在月儿照着的荒凉的野地上行走
渐渐
离渭城远了听到的渭水的声音也就渐渐地小了

（这首诗是李贺的。我把它抄下作为本诗的结尾。李贺还有一序，我把它抄在最后：

魏明帝青龙九年八月，诏宫官牵车，西取汉孝武捧露盘仙人，欲立置前殿。宫官既折盘，仙人临载，乃潸然泪下。唐诸王孙李长吉遂作《青铜仙人辞汉歌》。）[1]

1985.8 中旬雨夜

[1] 李贺原诗为“茂陵刘郎秋风客，夜闻马嘶晓无迹。画栏桂树悬秋香，三十六宫土花碧。魏官牵车指千里，东关酸风射眸子。空将汉月出宫门，忆君清泪如铅水。衰兰送客咸阳道，天若有情天亦老。携盘独出月荒凉，渭城已远波声小”。

其他：神秘故事六篇

龟王

从前，在东边的平原深处，住着一位很老很老的石匠。石匠是在自己年轻的时候从一条幽深的山谷里走到这块平原上来的。他来了。他来的那一年战争刚结束。那时他就艺高胆大，为平原上一些著名的宫殿和陵园凿制各色动物。他的名声传遍了整个大平原。很多人都想把闺女嫁给他，但他一个也没娶，只把钱散给众人，孤独地过着清苦的生活。只是谁也不知道他在暗地里琢磨着一件由来已久的念头。这念头牵涉到天、地、人、神和动物。这念头从动物开始，也到动物结束。为此，他到处找寻石头。平原上石头本来不多，只是河滩那儿有一些鹅卵石，而这又不是他所需要的。因此他把那件事儿一直放在心里，从来没向任何一个人提起。他的脾气变得越来越古怪。他的动物作品无论是飞翔的、走动的，还是浮游的，都带着在地层上艰难爬行的姿势与神态，带着一种知天命而又奋力抗争的气氛。他的动物作品越来越线条矛盾、骨骼拥挤，带着一股要从体内冲出的逼人腥气。这些奇形怪状的棱角似乎要领着这些石头动物弃人间而去。石匠本人越来越瘦，只剩下一把筋骨，那整个夏天他就一把蒲扇遮面，孤独地，死气沉沉地守着这堆无人问津的石头动物，一动也不动，像是已经在阳光下僵化了。似乎他也要跻身于这堆石头动物之间。后来的那个季节里，他坐在门前的两棵枫树下，凝神注视树叶间鸟巢和那些来去匆忙、喂养子息的鸟儿。他的双手似乎触摸到了那些高空中翔舞的生灵。但这似乎还不够。于是在后来迟到的冰封时光里，他守着那条河道，在萧瑟的北风中久久伫立。他的眼窝深陷。他的额头像悬崖一样充满暗示，并且饱满自足地面向深谷。他感到河流就像一条很细很长、又明亮又寒冷、带着阳光气味和鳞甲的一条蛇从手心上游过。他的手似乎穿过这些鳞甲在河道下一一抚摸那些人们无法看到的洞穴。泥层和鱼群激烈地繁殖。但这似乎也还不够。于是他在接着而来的春天里，完全放弃了石匠手艺，跟一位农夫去耕田。他笨拙而诚心诚意地紧跟在那条黄色耕牛后面，扶着犁。他的鞭子高举，他的双眼眯起，想起了他这一生痛楚而短促的时光。后来他把那些种子撒出。他似乎听到了种子姐妹们吃吃窃笑的声音。他的衣服破烂地迎风招展。然后他在那田垄里用沾着牛粪和泥巴的巴掌贴着额头睡去。第二天清早，他一跃而起，像一位青年人那样利落。他向那位农夫告别，话语变得清爽、结实。他在大地上行走如风。也许他正感到胸中有五匹烈马同时奔踏跃进。他一口气跑回家中，关上了院门，关上了大门和二门，关上了窗户。从此这个平原上石匠销声匿迹。那幢石匠居住的房屋就像一个死宅。一些从前他教过的徒弟，从院墙外往里扔进大豆、麦子和咸猪肉。屋子里有水井，足以养活他。就这样，整整过去了五个年头。

五年后，这里发了一场洪水。就在山洪向这块平原涌来的那天夜里，人们听到了无数只乌龟划水和爬动的声音，似乎在制止这场洪水。它们相互传递着人类听不懂的语言，呼喊着向它们的王奔去。第二天早上洪水退了。这些村子安然无恙。当人们关心地推开老石匠的院门及大门二门进入他的卧室时，发现他已疲惫地死在床上，地上还有一只和床差不多大的半人半龟的石头形体。猛一看，它很像一只龟王，但走近一看，又非常像人体，是一位裸体的男子。沾着泥水、满是伤痕的脚和手摊开，像是刚与洪水搏斗完毕，平静地卧在那儿。它完全已进化为人了，或者比人更高大些，只不过，它没有肚脐。这不是老石匠的疏忽。它本来不是母体所出。它是从荒野和洪水中爬着来的，它是还要回去的。

第二年大旱。人们摆上香案。十几条汉子把这块石龟王抬到干涸的河道中间，挖了一个大坑，埋下了它。一柱清泉涌出。雨云相合。以后这块平原再也没有发生过旱灾和水灾。人们平安地过着日子。石匠和龟王被忘记了。也许我是世界上最大的一个傻瓜，居然提起这件大家都已忘记的年代久远的事来。

1985.5.23 夜深

木船

人们都说，他是从一条木船上被抱下来的。那是日落时分，太阳将河水染得血红，上游驶来一只木船。这个村子的人们都吃惊地睁大眼睛，因为这条河上已经很久很久没有船只航行了。在这个村子的上游和下游都各有一道凶险的夹峡，人称“鬼门老大”和“鬼门老二”。在传说的英雄时代过去以后，就再也没有人在这条河上航行过了。这条河不知坏了多少条性命，村子里的人听够了妇人们沿河哭嚎的声音。可今天，这条船是怎么回事呢？大家心里非常纳闷。这条木船带着一股奇香在村子旁靠了岸。它的形状是那么奇怪，上面洞开着许多窗户。几个好事者跳上船去，抱下一位两三岁的男孩来。那船很快又顺河漂走了，消失在水天交接处。几个好事者只说船上没人。对船上别的一切他们都沉默不语。也许他们是见到什么了。一束光？一个影子？或者一堆神坛前的火？他们只是沉默地四散开。更奇的是，这几位好事者不久以后都出远门去了，再也没有回到这方故乡的土地上来。因此那条木船一直是个谜。（也许，投向他身上的无数束目光已经表明，村里的人们把解开木船之谜的希望寄托在这位与木船有伙伴关系或者血缘关系的男孩身上。）他的养母非常善良、慈爱，他家里非常穷。他从小就酷爱画画。没有笔墨，他就用小土块在地上和墙壁上画。他的画很少有人能看懂。只有一位跛子木匠、一位女占星家和一位异常美丽的、永远长不大的哑女孩能理解他。那会儿他正处于试笔阶段。他的画很类似于一种秘密文字，能够连续地表达不同的人间故事和物体。鱼儿在他这时的画中反复出现，甚至他梦见自己也是一只非常古老的鱼，头枕着陆地。村子里的人们都对这件事感到一种莫名的恐惧，认定这些线条简约形体痛苦的画与自己的贫穷和极力忘却的过去有关系。于是他们就通过他慈爱的养母劝他今后不要再画了，要画也就去画些大家感到舒服安全的胖娃娃以及莺飞草长小桥流水什么的。但他的手总不能够停止这种活动，那些画像水一样从他的手指上流出来，遍地皆是，打湿了别人也打湿他自己。后来人们就随时随地地践踏他的画。不知从什么时候开始，他干脆不用土块了。他坐在那条载他而来的河边，把手指插进水里，画着，这远远看去有些远古仪式的味道，也就没有人再管他了。那些画儿只是在他的心里才存在，永远被层层波浪掩盖着。他的手指唤醒它们，但它们马上又在水中消失。就这样过去了许多岁月，他长成了一条结实的汉子。他的养父死去了，他家更加贫穷。他只得放弃他所酷爱的水与画，去干别的营生。他做过箍桶匠、漆匠、铁匠、锡匠；他学过木工活、裁剪；他表演过杂技、驯过兽；他参加过马帮、当过土匪、经历了大大小小的许多场战争，还丢了一条腿；他结过婚，生了孩子；在明丽的山川中他大醉并癫过数次；他爬过无数座高山、砍倒过无数棵大树、渡过无数条波光粼粼鱼脊般起伏的河流；他吃过无数只乌龟、鸟、鱼、香喷喷的鲜花和草根；他操持着把他妹子嫁到远方的平原上，又为弟弟娶了一位贤惠温良的媳妇……直到有一天，他把自己病逝的养母安葬了，才长长地舒了一口气。他也老了。大约从这个时候开始，那条木船的气味渐渐地在夜里漾起来了。那气味很特别，不像别的船只散发出的水腥味。那条木船漾出的是一种特别的香气，像是西方遮天蔽日的史前森林里一种异兽的香气。村子里的人在夜间也都闻到了这香气，有人认为它更近似于月光在水面上轻轻荡起的香气。他坐在床沿上，清楚地看见了自己的一生，同时也清澈地看见了那条木船。它是深红色的，但不像是一般的人间的油漆漆成的。远远看去，它很像是根根原木随随便便地搭成的。但实际上根本不是那么回事，它的结构精巧严密，对着日光和月光齐崭崭地开了排窗户，也许是为了在航行中同时饱饱地吸收那暮春的麦粒、油菜花和千百种昆虫的香味。在木船的边缘上，清晰地永久镌刻着十三颗星辰和一只猫的图案。那星辰和猫的双眼既含满泪水又森然有光。于是，他在家里翻箱倒柜，找出了积攒多年珍藏的碎银玉器，到镇上去换钱买了笔墨开始作画。于是这深宅大院里始终洋溢着一种水的气息，同时还有一种原始森林的气息。偶或，村子里的人们听到了一种声音，一种伐木的丁当声。森林离这儿很远，人们清醒地意识到这是他的画纸上发出的声音。他要画一条木船。他也许诞生在那条木船上。他在那条木船上顺河漂流了很久。而造这条木船的原木被伐倒的声响正在他的画纸上激起回声。然后是许多天叮叮作响的铁器的声音，那是造船的声音。他狂热地握着笔，站在画纸前，画纸上还是什么也没有。他掷笔上床，呼呼睡了三天三夜。直到邻村的人都听见半空中响起的一条船下水的“嘭嘭”声，他才跳下床来，将笔甩向画纸。最初的形体显露出来了。那是一个云雾遮蔽、峭壁阻挡、太阳曝晒、浑水侵侵的形体。那是一个孤寂的忧伤的形体，船，结实而空洞，下水了，告别了岸，急速驶向“鬼门”。它像死后的亲人们头枕着的陶罐一样，体现了一种存放的愿望，一种前代人的冥冥之根和身脉远隔千年向后代人存放的愿望。船的桅杆上一轮血红的太阳照着它朴实、厚重而又有自责的表情，然后天空用夜晚的星光和温存加以掩盖。就在那条木船在夜间悄悄航行的时辰，孩子们诞生了。这些沾血的健康的孩子们是大地上最沉重的形体。他们的诞生既无可奈何又饱含深情，既合乎规律又意味深长。他艰难地挥动着画笔，描绘这一切。仿佛在行进的永恒的河水中，是那条木船载着这些沉重的孩子们前进。因此那船又很像是一块陆地，一块早已诞生并埋有祖先头盖骨的陆地。是什么推动它前进的呢？是浑浊的河流和从天空吹来的悲壮的风。因此在他的画纸上，船只实实在在地行进着，断断续续地行进着。面对着画和窗外深情生活的缕缕炊烟，他流下了大颗大颗的泪珠。

终于，这一天到了，他合上了双眼。他留下了遗嘱：要在他的床前对着河流焚烧那幅画。就在灰烬冉冉升上无边的天空的时候，那条木船又出现了。它逆流而上，在村边靠了岸。人们把这位船的儿子的尸首抬上船去，发现船上没有一个人。船舱内盛放着五种不同颜色的泥土。那条木船载着他向上游驶去，向他们共同的诞生地和归宿驶去。有开始就有结束。也许在它消失的地方有一棵树会静静长起。

1985.5.25

初恋

从前，有一个人，带着一条蛇，坐在木箱上，在这条大河上漂流，去寻找杀死他父亲的仇人。

他在这条宽广的河流上漂泊着。他吃着带来的干粮或靠岸行乞。他还在木箱上培土栽了一棵玉米。一路上所有的渔夫都摘下帽子或挥手向他致意。他到过这条河流的许多支系，学到了许多种方言，懂得了爱情、庙宇、生活和遗忘，但一直没有找到杀死自己父亲的仇人。

这条蛇是父亲在世时救活过来的。父亲把它放养在庄园右边的那片竹林中。蛇越养越大。它日夜苦修，准备有一天报恩。父亲被害的那天，蛇第一次窜出竹林，吐着芯子，在村外庙宇旁痛苦地扭动着身躯，并围着广场游了好几圈。当时大家只是觉得非常奇怪，觉得这事儿非同小可。后来噩耗就传来了。因此，他以为只有这条蛇还与死去的父亲保持着一线联系。于是他把它装在木箱中，外出寻找杀父的仇人。

在这位儿子不停地梦到父亲血肉模糊的颜面的时刻，那条蛇却在木箱的底部缩成一团，痛苦地抽搐着，因为它已秘密地爱上了千里之外的另外一条蛇。不过那条蛇并不是真正的肉身的蛇，而只是一条竹子编成的蛇。这种秘密的爱，使它不断狂热地通过思念、渴望、梦境、痛苦和暗喜把生命一点一点灌注进那条没有生命的蛇的体内。每到晚上，明月高悬南方的时刻那条竹子编成的蛇就灵气萦绕，头顶上似乎有无数光环和火星飞舞。它的体格逐渐由肉与刺充实起来。它慢慢地成形了。

终于，在这一天早晨，竹编蛇从玩具房内游出，趁主人熟睡之际，口吐火花似的芯子，咬住了主人的腹部。不一会儿，剧毒发作，主人死去了。这主人就是那位儿子要找寻的杀父仇人，那条木箱内的蛇在把生命和爱注入竹编蛇的体内时，也给它注入了同样深厚的仇恨。

木箱内的蛇要不告而辞了。夜里它游出了木箱，要穿越无数洪水、沼泽、马群、花枝和失眠，去和那条竹编蛇相会。而它的主人仍继续坐在木箱子上，寻找他的杀父仇人。

两条相爱的蛇使他这一辈子注定要在河道上漂泊，寻找。一支火焰在他心头燃烧着。

1985.5.22

诞生

这个脸上有一条刀疤的人，在叫嚷的人群中显得那么忧心忡忡。他一副孤立无援的样子，紫红的脸膛上眼睛被两个青圈画住。他老婆就要在这个酷热的月份内临盆了。

人们一路大叫着，举着割麦季节担麦用的铁尖扁担，向那条本来就不深的河流奔去。河水已经完全干涸了，露出细沙、巨大的裂口和难看的河床。今年大旱，异常缺水，已经传来好几起为水械斗的事情了。老人们说，夜间的星星和树上的鸟儿都显示出凶兆。事实上，有世仇的两个村子之间早就酝酿着一场恶斗了。在河那边，两村田地相接的地方，有一个小小的蓄水的深池。在最近的三年中，那深池曾连续淹死了好几个人。那几座新坟就埋在深池与庙的中间，呈一个“品”字形。

两村人聚头时，男人妇人叫成一团。远远望去，像是有一群人正在田野上舞蹈。铁尖扁担插在田埂上：人们知道这是一件致命的凶器。不到急眼时，人们是不会用它的。仿佛它们立在四周，只是一群观战的精灵，只是这场恶斗的主人和默默的依靠。池边几只鸟扑打着身躯飞起。远去中并没能听见它们的哀鸣，地面的声响太宏大了。这个脸上有刀疤的人，接连打倒了好几位汉子，其中一条汉子的口里还冒着酒气。泥浆糊住了人们的面孔。人们的五官都被紧张地拉开。动作急促、断续、转瞬即逝，充满了遥远的暗示。有几个男人被打出血来了。有好几个妇人则躺在地上哼哼，另外一些则退出恶战。剩下了精壮的劳力，穿着裤衩抢着厮打在一起。还有一名观看助战少年，失足落入池中，好在水浅，一会儿就满身泥浆地被捞上来。

这时，刀疤脸被几条汉子围住了。他昏天昏地地扭动着脖子。不知是谁碰了一下，一根铁尖扁担自然地倾斜着，向他们倒来。那几条汉子本能地跳开了。在他瘫坐下去时，铁尖迟钝地戳入他脖子。有几个妇人闭上了眼睛。就在这一瞬间，他痛苦地意识到妻子分娩了。他如此逼真地看到了扭曲的妻子的发辫和那降生到这世上的小小的沾血的肉团。这是他留下的骨血，他的有眼睛的财宝。他咧着嘴咽下最后一口气，想笑而又没笑出来。

……人们把这具尸首抬到他家院子里时，屋子里果真传出了婴儿的啼哭声。不知为什么，牛栏里那头沾满泥巴的老黄牛的眼眶内也正滑动着泪珠。

1985.5.22

公鸡

这里生活的人们有一个习惯，在盖新房砌地基时要以公鸡头和公鸡血作为献祭。这个村子里老黑头今年要盖房。

老黑头今年快六十了，膝下无儿无女，老夫妻和和睦睦地过着日子。不久前，他外出进山贩运木材，历经千辛万苦，靠着这条河流和自己的血汗，一把老筋骨，攒下了一些钱。他要在今年春上盖四间房子。事情就这么定了。

他家有一只羽毛似血的漂亮公鸡。

老黑头挑好了地基，背后是一望无际的洼地。只有一些杂树林，那是自然生长出来的。还有一些摸不清年代的古老乱坟，那是人们与这片洼地最早结下的契约，现在这契约早被人们遗忘了。人们只守着门前的几亩薄土过日子，淡漠了身后无边的洼地。风水先生说这片洼地属卧龙之相，如果老黑头命根子深，他家就会添子成龙。老黑头心里半信半疑。每到黄昏时分，他就在洼地里乱转。他和洼地逐渐由陌生而熟悉，最终结成了一种密不可分的关系。尤其是在黄昏，他们能相互体会，体会得很深很深。西边的落日突然在树丛间垂直落下，被微微腾起的积尘和炊烟掩埋。老黑头的心像这一片洼地为黑夜的降临而轻轻抖动。他觉得老天有负于他，这么一个老实巴交的人，居然不能享有一个儿子。老黑头走出洼地的时候，吐了一口唾沫。天黑得很快。老伴又在守着小灯等他回去吃晚饭了。在盖房之前的那天夜里，没有人知道，老黑头对着他的老朋友——那片洼地磕了几个响头。

盖房那天上午，砖瓦匠们摸摸嘴巴上的油，提着瓦刀，立在四周。一位方头脑的家伙拎着那只漂亮的红公鸡走到中央。他对着鸡脖子砍了一刀。殷红的血涌了出来，急促地扑打到褐色的地面上，像一朵烈艳的异花不断在积尘上绽开。鞭炮声响起来了。老黑头递一支纸烟给那方头大汉。就在他伸出一只手接烟的当口，那只大红公鸡拖着脖子从他手里挣脱出来，径直飞越目瞪口呆的人群，流着血，直扑洼地而去，不一会儿，就消失在乱树丛后面。老黑头这才回过味来和大伙一起，拥向洼地。但那只公鸡像是地遁了似的，连血迹和羽毛也没见到。大伙跟着老黑头踏入这片陌生的洼地，暗暗地纳闷着，继续向深处走去。突然，前面传来了婴儿的啼哭声，人们放大了步子，加快了速度，向前搜索着，不时地互相传递着惊异的表情。杂树枝上一些叶片刚从乌黑的笨重的躯壳里挣扎出来，惊喜地瞧着这渴望奇迹的人们，甚至用柔韧的躯体去接触他们，摸摸他们头顶的黑发。洼地满怀信心地迎接并容纳着人们。大伙终于发现了一个用红布小褂包裹的男婴。他躺在两座古老坟包之间，哇哇直哭。说也奇怪，在婴儿的额上居然发现了两滴潮红的血和一片羽毛。那羽毛很像是那只大红公鸡的。不过也没准是鸟儿追逐时啄落下来的。就是血迹不太好解释。公鸡终于没有找到。

自然是老黑头把那男婴抱回家去了。

剩下的人们整个春季都沉浸在洼地的神秘威力和恩泽

中。人们变得沉默寡言。人们的眼睛变得比以前明亮。

又用了另一只公鸡头，老黑头的房子盖好了。第二年春天老黑头的妻子居然开怀了，生了一个女儿，但更多的乳汁是被男婴吮吸了。奇迹没有出现。日子照样一直平常地过下去。日落日出，四季循环，只是洼地变得温情脉脉，只是老黑头不会绝后了。

1985.5.24

南方

我 81 岁那年，得到了一幅故乡的地图。上面绘有断断续续的曲线，指向天空和大地，又似乎形成一个圆圈。其中的河流埋有烂木板、尸体和大鱼。我住在京城的郊外，一个人寂寞地做着活儿，手工活儿，为别人缝些布景和道具。我在房子中间也得把衣领竖起，遮蔽我畏寒的身体。那好像是一个冬天，雪花将飘未飘的时候，一辆黑色的木轮车把我拉往南方。我最早到达的地方有一大片林子。在那里，赶车人把我放在丛树中间的一块花石头上，在我的脚下摆了好些野花。他们把我的衣服撕成旗帜的模样，随风摆动。他们便走了。开始的时候，我不能把这理解为吉兆。直到有一颗星星落在我的头顶上，事情才算有了眉目。我的头顶上火星四溅，把我的衣裳和那张故乡曲折的地图烧成灰烬，似乎连我的骨头也起了大火。就在这时，我睁开了眼睛，肉体新鲜而痛苦，而对面的粗树上奇迹般地拴了一匹马。它正是我年轻力壮时在另一片林子里丢失的。这，我一眼就能看出事情非同小可。为了壮胆，我用手自己握住，做出饮酒的姿势。这匹马被拴在树上，打着响鼻。我牵着它走向水边，准备洗洗身子，忽然发现水面上映出一位三十多岁的汉子，气得我当场往水里扔了块石头。就这样，北方从我的手掌上流失干净。等一路打马，骑回故乡的小城，我发现故乡的小雨下我已经长成二十岁的身躯，又注入了情爱。我奔向那条熟悉的小巷。和几十年前一样，那扇窗户还开着。和那个告别的夜晚一样：外面下着雨，里面亮着灯。我像几十年前一样攀上窗户，进屋时发现我当年留下的信件还没有拆开。突然，隔壁的房间里传来她吃吃的笑声。我惊呆了，只好跳下窗户，飞身上马，奔向山坡。远远望见了我家的几间屋子，在村头立着。我跃下马，滚入灰尘，在门前的月下跌一跤，膝盖流着血。醒来时已经用红布包好。母亲坐在门前纺线，仿佛做着一个古老的手势。我走向她，身躯越来越小。我长到 3 岁，抬头望门。马儿早已不见。

1985.8

补遗

高原节奏

雪山绵长地守护着你的地平线
你的视野和林带一起延亘
酣睡的神话在这儿开始辽阔，富有感染力的节奏
和温泉一道喷出，一个挽着一个组成高原湖的系谱
最年青的一代是湖面驶过的天鹅和歌声
在这些纯洁的眸子面前
朝圣者被匆匆翻过
留下的遗嘱全是关于沼泽地的
都说那片草滩上的光环是恐怖的前奏
即便这样，寺庙照样闪闪发光
像金碧辉煌的安息果锁住大山的喉结
而民间流传的传说随着马奶子香，傍晚时分
开始在每一个火坑旁集结正义的力量
强大得和黑夜抗衡
守候着孩子的鼾声和平地到达黎明蓝色港湾

这是一个早晨
高原挽留了这片从黑页岩围中突围的土地
挽留了一片热带鸟般卧在这儿的丛林
挽留了首次涌入这铺满落叶湿地的
几行簇新的脚印
当有人用弯刀戳穿土地的蛮荒也划破心灵的惰性

以烈焰联系所有献身的丛林
当洪水季节的祖先从地层托起湖泊和黎明
苦难和夜色一起被疏通
喧哗的人群朝我涌来
这是早晨
高原的心坎充满豪情，生生不息的诞生和创造
一遍又一遍揭示出这个蓝色星球的质量和魄力
使我的灵魂骚动着，生命之鹿在向森林深处奔跑
我的呼吸和晨光一起飘扬，早晨的风中
露珠像灿烂的星座落满我的手臂
落满我的思绪
啊！太阳升起来了
我狂喜地抛出一次又一次深鞠躬

我是远方的孩子，给你带来远方的祝福
祝福你朝霞
祝福你残酷的天葬
让无用的躯体去填充狂暴的生命
撕裂声是对死亡和过去最好的祈祷
祝福你带咸味的湖泊
让她继续怀念三叶虫时代的海洋
在今天的胸膛掀起涛声
祝福你父亲般深沉的高原性格，缄默地
向客人敞开每一道清泉旁的竹楼，牧羊人的帐篷
伸出小道像伸出手臂，挽住善良的兄弟姐妹

草莓是一群微笑的眼睛
祝福你莽林祝福你马帮祝福你青稞

你那么自信
所以胸膛从诞生起一直饱满地挺着
壁画五彩缤纷
野牛和弓箭手一块在岩石上构成创造最高的倩影
即使含蓄，悄悄地放出两条浅蓝的河流往东去
她们也要在远方的原野上洪亮地嚷着
洗刷着经幡年代如悬棺石峡
并把高原的气息带给海洋，让他们一起爽朗起来
你自信，日光也充满自信
因而你的子女都健康地黝黑着
线条很野阔，适宜于舞蹈狂放的时刻
当洁白哈达捧出的时刻，歌声也更嘹亮
尖锐地刺激着赭红色土地的上空
鲜艳的人群是地上怒放的彩霞，一束束热气
朝天喷去，云层越来越薄
从你的村寨我掬起情歌
掬起这块大地上一切纯洁的感情
撒向干渴的旅途季节和沙漠海
撒向所有需要纯洁的地点，让他们生出花来
接着我就向你的长子学会追山兽
哼杀生旋律，一动不动地凝视岩鹰
我们全是兄弟

当我的眼神被高原同化，便强悍地掏出岩蕊
插满我全身就像插满高原的节奏
抖落所有的平庸软弱
我也去巡视天空

（本诗选自海子自印诗集《小站》，1983.4~6）

新月

只是一弯。在孩子的手臂上
升起
关于巉岩的经历
关于画布的柔和
关于少年心坎的春汛
我的新月摇过所有的风景线

夏天到了
你的眼睛公开
在三叶草上
让早起的人们看见并记住

你秀气的弧线穿过星星的沙滩
赤足，在沁凉的夜潮边上
接着就是黎明

（本诗选自海子自印诗集《小站》，1983.4~6）

纸鸢

你不是真的
因此很高。很飘逸
比流浪客还要飘逸

你自由的程度
等于线的长度
挣脱了，也有一条未蜕化的尾巴

你以为是在放牧白云
谁知是风放牧你

总有一天
你不能拒绝土地的邀请

是有黄昏
是有溜云下汲水的村姑
是有一朵朵开在原野上小树淡紫的微笑
只要举起你的视线
还会有雀语的秀气
还会有炊烟散后暮色的横阔。匆忙的
是天色和晚星
灯火全都兴高采烈

你也兴高采烈
往往还采取爽朗的两种姿势
伸出胳膊去

长方形是最动情的一篇短文
画在外地　　　　　我的指尖
流过你细细瘦瘦一座长方城

总是写着
不论旱季雨季。我这里
总有细流抱你
总有渐湿的心情默读每一片鱼鳞瓦
不，我是在背诵
　　　　　　　第一段是童年和鸢尾筝
　　　　　　　一块儿在你女墙下搁浅
　　　　　　　第二段是少年和小白鸽
　　　　　　　汛水一样逼近你的塔尖
还有风景描写呢
城里的黄梅雨一家一家染青了方砖平房
城郊的蜜蜂一年一度放出收获的油菜花

结尾照例简约
小城的人出门都会写
相思诗

（本诗选自海子自印诗集《小站》，1983.4~6）

小站

——毕业歌

我年纪很小
不用向谁告别
有点感伤
我让自己静静地坐了一会儿

然后我出发
背上黄挎包
装有一本本薄薄的诗集
书名是一个僻静的小站名

小站到了
一盏灯淡得亲切
大家在熟睡
这样，我是唯一的人
拥有这声车鸣

它在深山散开
唤醒一两位敏感的山民
并得到隐约的回声

不用问
我们已相识
对话中成为真挚的朋友
向你们诉愿
是自自然然的事
我要到草原去
去晒黑自己
晒黑日记蓝色的封皮

去吧，朋友
那片美丽的牧场属于你
朋友，去吧

（本诗选自海子自印诗集《小站》，1983.4~6）

小叙事

在这个
小小的人世上
我向许多陌生的人
打听过你
和许多动植物
和象形文字
讨论过你

夏夜
我加入天真的
萤虫小分队
凭那么一点点
微热的光亮
竟找到你的村头
伙伴们
被一把又一把蒲扇
扇落
孩子们可爱的愿望
和透明的小瓶
是她们平平常常的归宿

是时候了
我调动所有的阅历
辨认着门窗
果然
那个篱笆很有才气地
编在那里

我是要告诉你
一些心思
要不然
我怎会摇着后园的竹叶
和你商量
但你的窗口
灯总也没亮起来

无论如何
我要留一个形象给你
于是我头戴
各色野花
跑进你梦中

我的踌躇
铺成你清晨起来
不曾留意的那条小道
很自然地

你顺着它走下去

写些激动人心的故事

（本诗选自海子自印诗集《小站》，1983.4~6）

街道

街道虽窄
仍然容得下
这么多售货员、护士长
和男秘书
他们出出进进
他们向左向右
没有人停住
听一听
其实也没有歌声
歌手已被小小的运粪的马车娶走
在乡下
在众鱼之间
生儿育女

（本诗选自海子自印诗集《麦地之瓮》，1986 年夏）

岁月

直木头上
雨水已淡

营地的马
摇动尾巴
横拿月亮拨开木叶你走来
我突然想起一具陈旧的
箩筐

如今雨水已淡
瓮中未满
千秋·我怎么记得住
已经过去的一千个秋天

（本诗选自海子自印诗集《麦地之瓮》，1986 年夏）

夜丁香

丁香
你洁白芬芳
如风
盈盈的
揉进冬天的冷漠
如雪
六角的
开满沉默的夜
你叶上的泪滴
如星
海蓝海蓝的
眨眼　微笑
丁香
为什么
从没听过
你的叹息

——丁香

（本诗曾刊于 1988 年第 7 期《东海》杂志。）

谷仓

那谷仓像花瓣一样张开在原野上。像星星的嘴唇。像岩石和黎明的嘴唇一样张开。它没有光芒。因此必定是在地球上。这阴沉昏暗的行星，微微亮着，像是睁开了一只眼睛——看见了一件痛苦的事。又像是迟迟不肯熄灭的灯。人，散在灯的四周。

那是在草原上。那时还没有集体，没有麦地和马厩，森林离此地甚远。一种异兽在香气中荡漾。你就来了。你当然是主人公。我还没有想好你的名字。你就是我。

这样我就来到这里。日有白云，夜有星星，还有四季昭示的河流。就这样我来到这颗星辰上。有一位叫“有”的小妇人早就在等待着我，像一口美丽红色的小棺材在等待着我。不过，我用我的双腿行走在小镇上。我来到这个被人抚摸的词汇和实体：小镇。再加上美丽的羽雀飞舞黄雀飞舞的黄昏，对了，还有蜻蜓飞舞。那个神采很好的人牵着我的马：白云。

记住，这是在放牧牛羊和快如闪电的思想的草原。

砍柴人和负柴人来了。他们睁着双眼做梦。他们不分白天黑夜地做梦又干活。他们都有美丽的马：白云。那马的颜色白得叫人心碎。砍柴人和负柴人来了。

这时小镇上的妇女们开始歌唱：

“谷仓啊谷仓……”

当大地上只有最初几个人的时刻，人们为了生存，不得不发出哭泣声，用以吸收阳光、麦芒和鳞甲彩色的舒展。

熟悉的浆果落入嘴唇。

探头亲吻。

不分男女。

但那时生死未分。实在是这样。生死未分。歌唱队这样说：时间是这三位女儿的父亲，那三位女儿在草原上逃得不知去向，那三位女儿就是我的命运。

这里走出了砍柴人和负柴人。他们如同江河的父亲一样缄默。他们在地上行走，不舍昼夜。人们看不见他们。他们在树林里伐木为薪；一个砍，一个背负。这样他们管理着那块名为“人类”的树林。树林里，他们劳动的声音如同寂静。一种寂静的劳作、孤独和混沌笼罩着寂寞的树林。那柴，那被砍下又被他们背负离去的柴，就是我们个体的灵魂。我们从本原自然生出。我们顺应四季和星星河流的恩泽而生、长大，又被伐下、为薪、入火、炼。但是那负柴人趋向何方，我们哪里知道？只有这两个人：砍柴人，负柴人。只有寂寞的“人类”的树林。星星河流在头上翻滚倾斜，多少代了，灵魂之柴被负往何方，我哪里知道？死亡的时刻并没有苦痛。我们被囚禁在这根人类意识之柴上，我们知道什么？缄默吧，伙计们，柴们，我们的砍柴人、负柴人也都如此缄默。

请如寂静无声的木柴，灵魂。

我们的众神只有两个：砍柴人和负柴人。他们是那位名叫“有”的美丽小妇人所生。记得他们在旷野的混沌中长大。他们是这样通过形式和躯壳被我们知道的：砍柴人叫太阳，负柴人叫月亮。他们是兄妹又是夫妻。他们劳作不止。就这样。

在一个仲夏的晚上，森林中奔出一位裸如白水的妹妹。她叫有。她可能是我的命运之一。我爱上她。她又逃得不知去向。她生了两个孩子，是我的孩子。我给他们取了个天体的名字：太阳和月亮。又取了个劳作的名字：砍柴人和负柴人。

这样，我在小镇妇女的歌唱中来到这里。

“谷仓啊谷仓……”

谷仓不可到达。

我记起了我的名字。我叫无。我是一切的父亲。

黎明在小国贤哲中升起。他们采摘香草来临诸岛。他们是人类树林第一批被伐下送走的树枝——柴薪，无情的太阳在焚烧，在砍伐不止！

遥寄兄弟，我那神秘的黑色僧侣集团。他们来到黄昏岩穴，他们鼻子尖尖、脸孔瘦削。他们身披黑色，思考作为柴薪的自身。其他人无非是活得好与坏之分，而对他们来说，生死问题尚未解决。黑色僧侣围火而谈。他们的言语低微不能抵达我耳。他们不曾误入人世。他们作为思索的树枝，是人类树林中优秀的第二树枝。在传火伐木无情的仪式中被砍下。如是，可怜痛楚的人民这时永远成了追求瞬间幸福的市民。教堂远了。只剩下酒馆、公共厕所、澡堂子。诸神撤离了这座城池。

如是我被囚禁在谷仓。

我这样自我流放，自我隐居于谷仓，通宵达旦。

我要一语道破这谷仓的来历。

当“情欲老人——死亡老人”在草原上拦劫新鲜美丽的灵魂——少女的时候，他就寄居在这里。如今我和“情欲——死亡老人”在这谷仓里共同栖身。我们在夜晚彼此睁大双眼凝视对方脱下衣服。当然，我不肯在他的目光下退缩。我们也有相安无事的时候。我们彼此愤恨和撕咬。我们这两个大男人，被永远囚禁在这同一谷仓里：混沌中最后的居所。

于是我们囚禁在这人类意识的谷仓。

我逃不出谷仓，这可耻的谷仓，肉体谷仓——人类的躯壳，这悲剧的谷仓之门。我逃不出“情欲——死亡老人”的眼睛盯视。我思索神之路兽之路。我思索逃出谷仓之门的遥远路程。我思索人类树林、砍柴人和负柴人。我思念遥远的草原上如麋鹿狂奔的三位少女，她们为自己的美丽和变幻而狂奔。香气弥漫草原——安排我命运的美丽三姐妹的故乡啊！而我囚居人类命定的无辜的谷仓。

（本诗与《取火》《歌手》和《初恋》曾以“村庄”为题发表于 1987 年第 6 期《十月》杂志。）